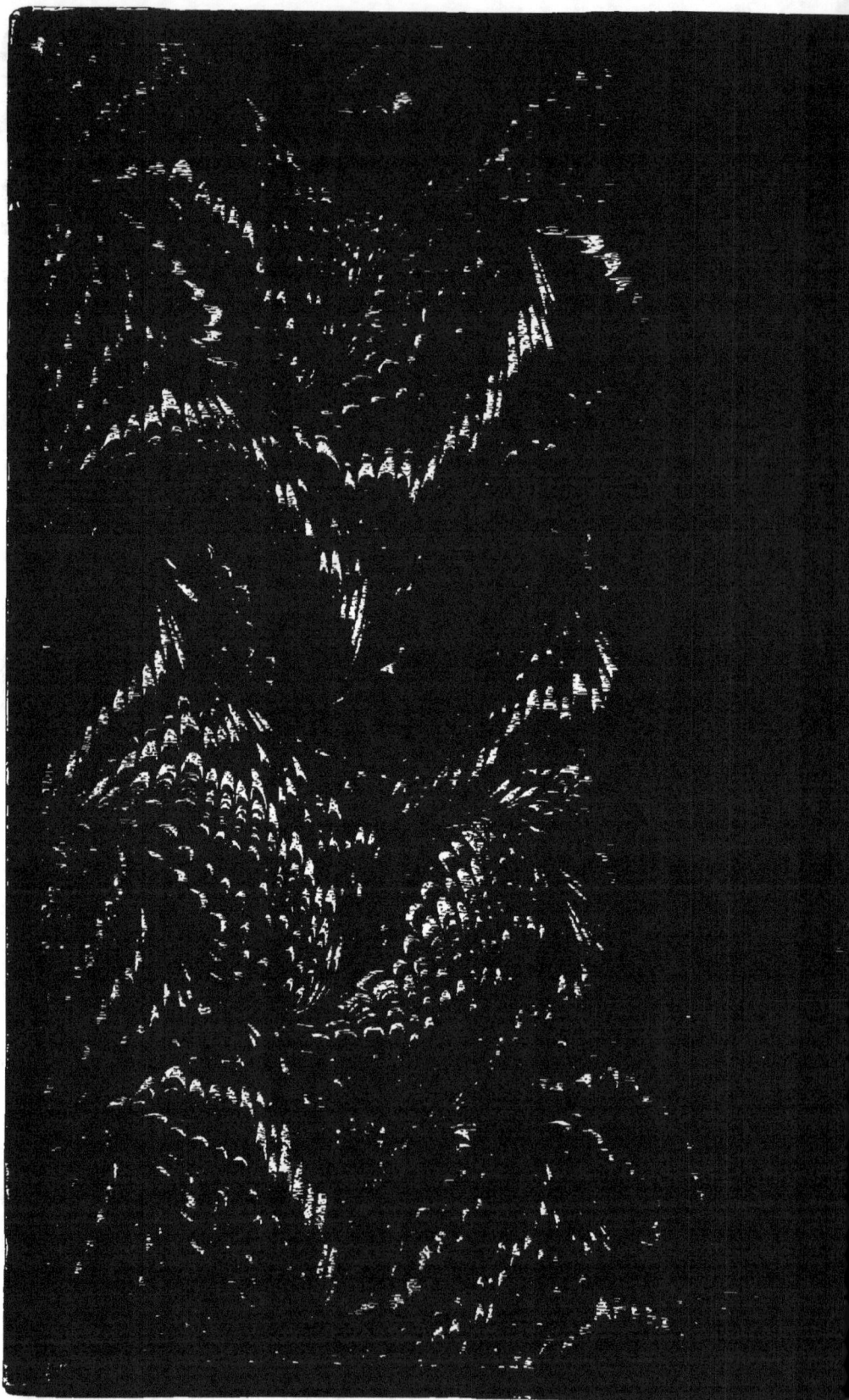

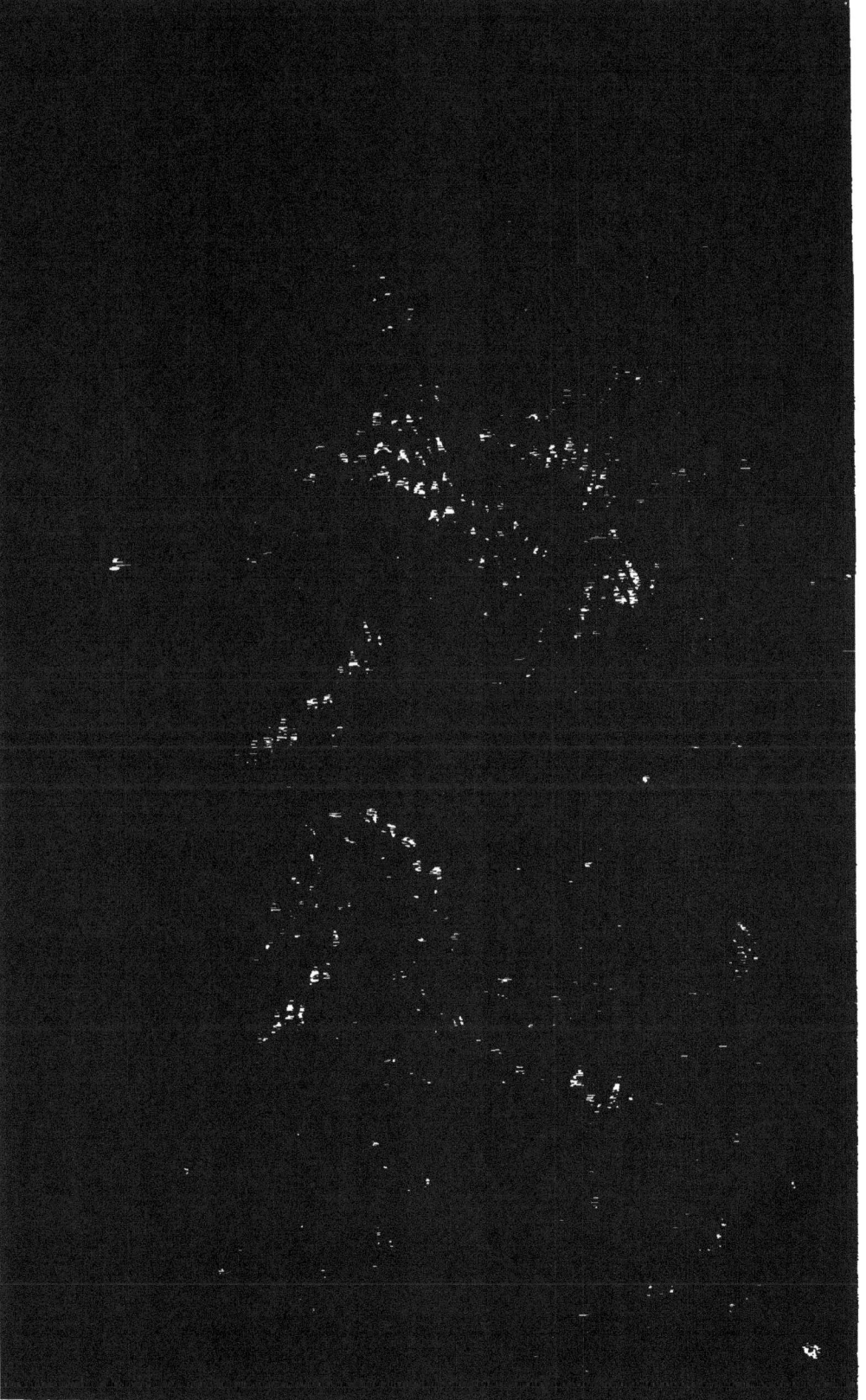

LE
PARIS

DE

NAPOLÉON III

PAR

LE COMTE GAZAN DE LA PEYRIÈRE

PARIS

E. DENTU, ÉDITEUR

LIBRAIRE DE LA SOCIÉTÉ DES GENS DE LETTRES

et de la Société des Auteurs dramatiques

GALERIE D'ORLÉANS, 17 & 19, PALAIS-ROYAL

LE PARIS

D E

NAPOLÉON III

(I)

LE PARIS

DE

NAPOLÉON III

PAR

LE COMTE GAZAN DE LA PEYRIÉRE

PARIS

E. DENTU, LIBRAIRE-ÉDITEUR

PALAIS-ROYAL, 17, 19 GALERIE D'ORLÉANS

1870

LE PARIS

DE

NAPOLÉON III

CHAPITRE PREMIER

Administration de l'assistance publique.

§ 1.

HOPITAUX ET HOSPICES COMPRIS DANS SON DOMAINE

La loi du 10 janvier 1849 a institué à Paris l'Administration de l'Assistance publique et lui a confié, sous l'autorité du Ministre de l'Intérieur et du Préfet de la Seine, le service des hôpitaux et hospices civils et des secours à domicile.

Un règlement d'administration publique, à

la date du 24 avril 1849, détermine les attributions du directeur de l'Administration de l'Assistance publique et du Conseil de surveillance qui fonctionne à ses côtés.

L'Assistance publique comprend dans son domaine :

1° Huit hôpitaux généraux, Hôtel-Dieu, la Pitié, la Charité, Saint-Antoine, Necker, Cochin, Beaujon, Lariboisière ;

2° Sept hôpitaux spéciaux, Saint-Louis, le Midi, Lourcine, les Enfants Malades, la Maison d'accouchement, les Cliniques , Sainte-Eugénie, plus trois hôpitaux situés hors Paris pour les maladies scrofuleuses de l'enfance ;

3° La Maison Municipale de santé, (ancien hospice Dubois) ;

4° Six hospices pour la vieillesse et les infirmités incurables, Bicêtre pour la vieillesse (hommes), la Salpétrière pour la vieillesse (femmes), les incurables (hommes), les incurables (femmes), hospice de Charonne ;

5° L'hospice des Enfants Trouvés et Orphelins, rue d'Enfer ;

6° Trois maisons de retraite , celle des Ménages, celle de la Rochefoucauld, celle de Sainte-Périne ;

7° Quatre fondations particulières pour l'assistance de vieillards, de malades et d'enfants, la fondation Boulard, à Saint-Mandé, la fondation Brézin, à Garches (Seine-et-Oise), la fondation Devilles, rue du Regard à Paris, la fondation Chardon Lagache, à Auteuil.

On admet dans les hôpitaux généraux les individus blessés ou atteints de maladies aiguës ; les hôpitaux spéciaux sont ouverts aux accouchements, aux enfants malades, aux maladies de la peau, aux maladies vénériennes.

La Maison Municipale de santé, située rue du faubourg Saint-Denis, a été inaugurée en février 1859 ; elle reçoit les personnes de toute classe qui peuvent payer une rétribution fixée par un tarif. Elle couvre de ses constructions une superficie de 13,000 mètres carrés, est pourvue de sonneries électriques, d'un système ingénieux d'égouts, d'une machine à vapeur qui élève l'eau aux divers étages.

L'administration s'est imposé des sacrifices considérables pour que cet établissement réponde le mieux à sa destination. Les moindres nécessités du service y ont été prévues attentivement.

§ 2.

ALIÉNÉS

Le Préfet de la Seine disait, en 1860, dans un rapport à la commission départementale :

« Il n'existe dans le département de la Seine aucun asile spécial pour les aliénés ; ils sont traités dans deux hospices affectés principalement à d'autres services, la Salpétrière et Bicêtre ; mais leur installation matérielle y est naturellement insuffisante, incomplète, défectueuse, au-dessous des indications et des progrès de la science moderne. » ·

En 1862, la commission départementale, résolue à accomplir dans le service des alié-

nés la grande réforme sollicitée par le Préfet,
vote la fondation de trois asiles, l'un principalement destiné au traitement des maladies
mentales pendant leur période aiguë, près du
boulevard Saint-Jacques, à Paris, sur le terrain de l'ancienne ferme Sainte-Anne, l'autre
à la Ville Evrard, commune de Neuilly-sur-
Marne, arrondissement de Pontoise, et le troisième à Vaucluse, commune d'Épinay-sur-Orge,
arrondissement de Corbeil.

La loi du neuf mai 1863 a autorisé la construction de ces trois asiles.

L'asile de Sainte-Anne, inauguré le 1er mai
1867, comprend deux divisions, hommes et
femmes, et peut recevoir six cents aliénés.

Chaque division se constitue de sept quartiers, dont un est affecté à l'infirmerie, quatre
aux paisibles et semi-paisibles, un aux faibles
et un aux agités.

On a établi à l'asile Sainte-Anne un bureau
central qui est chargé de statuer sur l'admission et la répartition des malades. Ils y sont

amenés et consignés pendant les quelques jours que dure l'examen auquel ils sont soumis en présence de l'inspecteur général du service, assisté de deux médecins. Cette formalité accomplie, les malades sont conduits dans les divers asiles du département de la Seine, selon le genre de délire dont ils sont affligés.

Le bureau d'admission a comblé une lacune importante ; il est composé d'une magnifique salle, et contient quarante-quatre places.

Souvent on renvoie, après cinq ou six jours, des malades qui n'ont pas été reconnus fous, mais qui, sous le coup d'une affection aiguë, avaient présenté quelque symptôme délirant.

Un jardin, une salle de concert et de jeux, une bibliothèque, une salle d'étude, des ateliers de toute sorte, sont à la disposition des aliénés.

L'administration a consacré une attention particulière au quartier des fous agités ; il se compose de douze cellules placées sous la surveillance incessante des gardiens.

Le service des bains est doté de tous les appareils balnéatoires les plus perfectionnés.

Le service médical est parfaitement organisé, il comprend deux médecins en chef, deux internes en médecine, deux internes suppléants, un pharmacien en chef et deux internes en pharmacie.

Cinquante-six religieuses sont chargées du service de la division des femmes et de la surveillance de celle affectée aux hommes.

L'asile de Sainte-Anne mesure près de huit hectares, est bâti en pierre de taille blanche, percé de larges croisées et couvert de briques rouges ; les pavillons et les constructions intérieures se distinguent par leur régularité et leur élégance.

Une allée superbe sépare les deux ailes. L'habitation de l'inspecteur général des aliénés de la Seine est à droite ; l'agence des travaux, les magasins, les écuries, les remises et les bâtiments destinés aux fous occupent le côté gauche.

Dans chaque quartier, composé d'un rez-de-chaussée et d'un étage, sont réunis, avec une symétrie admirable, un promenoir, une salle de réunion, un réfectoire, un cabinet de surveillance, trois dortoirs et trois cabinets de toilette.

Le bâtiment de l'administration renferme les bureaux au rez-de-chaussée, le logement des médecins en chef, du directeur, de l'aumônier, du pharmacien, de l'économe, au premier et au deuxième étages.

Le bâtiment des services généraux présente :

1° Au rez-de-chaussée, le cabinet de l'inspecteur, les cabinets médicaux, le bureau de la direction et de l'économat, une pharmacie, un réfectoire, une magnifique cuisine ;

2° Aux étages supérieurs, deux vastes dortoirs pour les aliénés convalescents, une grande salle destinée aux cours de clinique mentale, et aux réunions des malades paisibles qui supportent le spectacle de la musique.

L'asile de Sainte-Anne a réalisé un progrès

considérable dans le système des maisons destinées aux infortunés qui sont victimes de
la folie.

Du 1er mai au 1er novembre 1867, 1,215
aliénés des deux sexes y ont été admis.

L'asile de la Ville Evrard a été ouvert au
commencement de 1868 ; celui de Vaucluse
au commencement de 1869. Ils sont placés,
comme celui de Sainte-Anne, dans les meilleures conditions d'aération, de salubrité et
de calme.

§ 3.

ENFANTS ASSISTÉS

L'assistance des enfants comprend les orphelins, les enfants trouvés, les enfants aban-
donnés, et forme deux catégories distinctes :
l'une, qui comprend les enfants à la pension,
s'applique aux enfants placés en nourrice, ou
en garde à la campagne, jusques à douze
ans ; l'autre concerne les enfants au-dessus
de cet âge, confiés à des cultivateurs pauvres,
ou mis en apprentissage.

Le chiffre des enfants assistés à Paris
s'accroît avec la population, mais augmente
moins vite qu'elle.

En 1852, le nombre des enfants au-dessous
de 12 ans était de 17,177, — en 1855, de
16,880, — en 1857, de 17,812, — en 1860,
de 17,340, — en 1864, de 18,072, — en 1867,
de 20,041. ·

L'Administration de l'Assistance publique et
le département de la Seine ont dépensé, pour
le service des enfants assistés, la somme ci-
après, pour les dépenses tant intérieures qu'extérieures :

En 1852, 1,974,515 fr. 91 c., — en 1856,
2,406,212 fr. 91 c., — en 1860, 2,573,301 fr.
49 c., — en 1864, 3,128,271 fr. 85 c., — en
1867, 3,513,826 fr. 42 c.

L'Administration de l'Assistance, s'étudiant
à prévenir le plus possible l'abandon des enfants par leurs mères, accorde à celles-ci des
secours en argent, en linge, en vêtements, ou
les aide à payer les mois de nourrice. Ces
secours ont été, en 1860, de 81,569 fr. 96 c.,
(6 mois) en 1864, de 328,071 fr. 61 c., en

1866, de 186,085 fr. 15 c., en 1868, de 217,423 fr. 95 c.

Indépendamment de ces allocations, l'Administration de l'Assistance publique affecte des sommes importantes au soulagement des femmes accouchées, aux mois de nourrice, aux layettes, etc.

L'Assistance se consacre avec une vive sollicitude au placement des enfants en apprentissage, elle les confie à des maîtres honnêtes et de préférence à des agriculteurs.

Vingt-trois arrondissements de sous-inspecteurs sont distribués dans treize départements de la France pour le recrutement des nourrices et la surveillance des enfants.

—

En 1860, l'Administration de l'Assistance publique a fondé un hôpital à Berck-sur-mer, (Pas-de-Calais), pour les enfants scrofuleux. Cet établissement, construit en bois et couvert en ardoises, est composé d'un bâtiment central et de deux ailes plus hautes,

perpendiculaires à la mer, et servant, l'une
pour les garçons, l'autre pour les filles; il
contient cent lits, a coûté 124,183 fr. soit à
peu près 1,200 fr. par lit.

Les guérisons à Berck ont été : En 1861,
de 1 sur 2,63; — en 1862, de 1 sur 1,72;
— en 1863, de 1 sur 1,56, — et en 1865,
de 1 sur 1,89.

Des enfants atteints de maladies invétérées,
de carie des os, ont été complètement rendus
à la santé. Il est aujourd'hui démontré que,
dans les maladies scrofuleuses, le séjour à la
mer est le plus efficace de tous les moyens
curatifs.

L'institution de l'hôpital de Berck assure
aux enfants pâles et chétifs du peuple la
possibilité de combattre et de vaincre les
maladies scrofuleuses qu'ils puisent, au sein
des cités populeuses, dans leurs ateliers et
dans leurs habitations si étroites.

Un hôpital définitif a été ouvert, le 18
juillet 1869, avec la même destination et sous

le nom d'hôpital Napoléon ; il permet d'ap-
pliquer à 600 enfants des deux sexes le
traitement de l'hydrothérapie marine.

Afin qu'il fut possible de continuer pendant
l'hiver l'usage des bains d'eau de mer, on a
créé, au centre de l'établissement, une vaste
piscine dans une salle chaude, susceptible de
reproduire, par l'élévation de température de
son atmosphère et de son eau, les conditions
habituelles des bains de mer. Un puits placé
dans l'un des préaux de l'hôpital, à 9 mètres
en contrebas du sol, reçoit directement l'eau
de l'océan, à l'aide d'un tuyau de 400 mètres
régnant sous la plage et dont l'orifice est
constamment immergé à la haute mer. Une
pompe à vapeur aspire dans ce puits et re-
foule dans la piscine l'eau de mer, qui y est
chauffée à la température convenable par une
circulation à vapeur.

Le service hydraulique a été monté avec
le plus grand soin dans l'hôpital de Berck.

§ 4.

MAISONS DE SECOURS — TRAITEMENT A DOMICILE
SECOURS A L'INDIGENCE

Paris, en 1852, avait 13 maisons de secours, il en compte : 22 en 1859, — 57 en 1867.

Dans chaque maison de secours, des sœurs prodiguent à tous les soins de leur charité, des médecins donnent gratuitement des consultations.

Un arrêté du directeur de l'Administration de l'Assistance publique, à la date du 20 avril 1853, a créé à Paris un service pour le traitement des malades à domicile. Cette heureuse innovation, revêtue de l'approbation préfectorale le 13 octobre suivant, a été mise en pratique le premier janvier 1854.

Des médecins, attachés aux divers arrondissements, vont soigner à domicile les malades que le bureau de bienfaisance leur indique.

Des sage-femmes sont aussi appelées à visiter les femmes enceintes à domicile, à les assister pendant l'accouchément et pendant les dix jours qui le suivent.

Les malades traités à domicile ont atteint :

En 1854, le chiffre de 30,715, — en 1855, celui de 31,558, — en 1856, de 32,584, — en 1861, de 49,084, — en 1864, de 57,415, — en 1867, de 66,486.

Le traitement à domicile a répondu à toutes les espérances qu'il avait fait concevoir. Il conserve aux malades et infirmes les consolations de la famille ; appliqué au moment opportun, il prévient l'invasion où arrête le progrès d'affections qui auraient été aggravées par le moindre défaut de soins, et auraient réclamé un traitement long et coûteux dans un hôpital.

Les bureaux de bienfaisance sont chargés de distribuer les secours à domicile, ils en donnent de temporaires ou d'annuels.

Le chiffre des personnes secourues a été : En 1853, de 65,264, — en 1856, de 69,424, — en 1861, après l'agrandissement de Paris, de 90,287, — en 1863, de 101,570, — en 1866, de 105,119.

L'Administration a consacré aux indigents : En 1852, la somme de 2,293,551 fr. 47 c., — en 1854, celle de 2,839,607 fr., — en 1858, de 2,786,820 fr., — en 1860, après l'annexion, de 3,724,346 fr., — en 1864, de 4,050,979 fr., — en 1867, de 4,857,033 fr.

Le secours accordé à chaque personne annuellement, et sous différentes formes, est aujourd'hui de 60 francs en moyenne ; il est quintuple de ce qu'il était en l'an 10.

L'année 1829 est la première où le recensement contradictoire de la population indigente a été fait à Paris. Il y avait alors 1 indigent sur 13,02 habitants, il y en a eu :

1 sur 13,30, en 1841, — 1 sur 13,78, en 1844, — 1 sur 13,99 en 1847, — 1 sur 16,38, en 1850, — 1 sur 16,13, en 1853, — 1 sur 16,59, en 1856, — 1 sur 18,47, en 1861, — 1 sur 17 en 1866.

D'après le recensement de 1866, le 13ᵉ arrondissement de Paris, celui des Gobelins, est le plus malheureux ; il compte 1 indigent sur 6,20 habitants. Les arrondissements les plus pauvres, après le 13ᵉ, sont : le 14ᵉ (l'Observatoire), il a 1 indigent sur 9,25. — le 20ᵉ (Ménilmontant), 1 sur 10,52, — le 5ᵉ (le Panthéon), 1 sur 12,60.

Le 9ᵉ (l'Opéra), est celui qui est au dernier rang dans la statistique de la misère ; on y compte 1 indigent sur 53,65 habitants.

Le système des secours à domicile, aussi intelligent qu'humain, pénètre dans les détails et les intérêts de la famille, il en fortifie les affections.

§ 5.

AUGMENTATION SUCCESSIVE DU NOMBRE DES LITS DANS LES HOPITAUX ET HOSPICES. — AMÉLIORATION INCESSANTE DES SERVICES DE L'ASSISTANCE PUBLIQUE

Le nombre des lits était, en 1852, de 6,743 dans les hôpitaux, de 10,427 dans les hospices ; il s'est élevé :

	Pour les hôpitaux	Pour les hospices
En 1857.... à	6,984	10,544
En 1858....	7,046	10,618
En 1860....	7,172	10,642
En 1854....	7,510	11,075
En 1867....	7,520	11,085

L'Administration de l'Assistance publique

s'applique constamment à améliorer les diverses parties de son service.

Elle a perfectionné, dans les hôpitaux et hospices, les moyens de chauffage et de ventilation, les bains, les étuves, elle y a substitué les lits de fer aux lits de bois. Elle a réorganisé les services d'accouchement, doté chaque hôpital d'un service spécial de convalescents et d'une salle où les malades, dispensés de garder le lit pendant toute la journée, peuvent se réunir, causer, se livrer aux récréations autorisées.

Au commencement de 1864, l'Assistance publique, prenant une mesure des plus importantes, a créé la statistique médicale des hôpitaux civils.

On dresse pour les malades quatre sortes de bulletins individuels, celui des services de médecine, celui des services de chirurgie, celui des services d'accouchement, celui des renseignements administratifs.

On mentionne : 1° Sur le bulletin des

services de médecine, le début de la maladie, son degré au moment où le malade est arrivé à l'hôpital, les complications survenues ;

2° Sur le bulletin des services de chirurgie, la date, la nature, le siége précis des opérations, la méthode et le procédé opératoires, les accidents consécutifs à l'opération ;

3° Sur le bulletin des services d'accouchement, les renseignements relatifs à la conformation du bassin, aux accouchements précédents, à la grossesse, au travail de l'accouchement, au nouveau né, aux suites de couches régulières ou compliquées ;

4° Sur le bulletin administratif, le genre de vie habituel des malades, leur profession, leurs ressources pécuniaires, leurs charges de famille.

Les observations consignées sur les bulletins individuels sont soumises à des classifications rationnelles et ingénieusement comparées ; leur ensemble sert puissamment aux progrès de la science, éclaire, pour la plupart des maladies, l'histoire de leurs causes et de leur marche.

De nombreuses améliorations ont été réalisées dans les hôpitaux pour y accroître les moyens d'instruction pratique.

On a installé, en 1865, un nouveau service d'accouchement à l'hôpital Cochin, et un service de bains à l'hospice des Enfants Malades.

Le Conseil municipal, dans sa session de décembre 1867, a voté une somme de près de cent mille francs pour améliorer en 1868 le régime alimentaire des malades des hôpitaux.

Malgré tous les soins donnés à la ventilation et à la propreté dans les salles d'hôpitaux, l'air y est constamment vicié. L'Administration de l'Assistance publique, cherchant un remède à cette situation fâcheuse, a accompli une innovation importante pendant l'été de 1869.

Elle a installé diverses séries de malades au milieu des jardins de l'hôpital Cochin,

sous une tente aérée et fraîche, sur un sol
bétonné et recouvert de sable de rivière. La
tente, longue de 20 mètres, large et haute
de 7, pouvait contenir 20 lits, était formée
de deux étoffes de coton, l'une blanche,
l'autre imperméabilisée.

A l'entrée se dressaient deux petites tentes,
de 5 mètres sur 4, l'une pour les opérations
chirurgicales, l'autre pour l'infirmier et les
médicaments. Plusieurs fois chaque jour, des
tuyaux d'arrosement projetaient une pluie
d'eau sur la grande tente et en maintenaient
ainsi la fraicheur.

Avec ce système de tente-hôpital, on évite
les grandes agglomérations de malades, et les
suites d'opérations chirurgicales, comme l'éry-
sipèle, la pourriture d'hôpital, l'infection puru-
lente, deviennent moins redoutables.

On a établi aussi dans les jardins de l'hôpital Saint-Louis, pendant l'été dernier, une
baraque de 8 à 10 lits, avec deux baraques

plus petites où l'on pouvait isoler et soigner un seul malade.

L'Administration hospitalière, ne reculant devant aucune dépense, met à l'essai tous les progrès qui lui sont signalés. On vient, des diverses parties du monde, lui demander des enseignements pour aider la science à soulager les souffrances humaines.

§ 6.

RESTAURATION, AGRANDISSEMENT, RECONSTRUCTION DES ANCIENS ÉTABLISSEMENTS HOSPITALIERS, CONSTRUCTION DE NOUVEAUX

Depuis 1852, ces diverses sortes de travaux ont constamment reçu une active impulsion ; je rappelle les plus importants.

L'hôpital Beaujon, l'hôpital Cochin, celui des Enfants Malades, celui de la Maternité, l'hospice la Rochefoucauld, ont été agrandis, améliorés.

On a refondu presque complètement l'hôpital Necker, celui de la Pitié, celui de la Charité.

On a construit, reconstruit ou restauré :

Le service des bains externes et celui de la consultation des enfants malades ; — un des grands pavillons de l'hospice de Bicêtre ; — les salles du rez-de-chaussée et les bains internes à l'hôpital Saint-Louis ; — la communauté de l'hôpital St^{te}-Eugénie ; — de nouveaux pavillons de malades à l'hôpital Saint-Antoine ; — un réservoir à l'hôpital Necker ; — le magasin central de l'Assistance publique sur le boulevard de l'Hôpital ; — un nouveau service d'accouchement à l'hôpital Cochin ; — le bâtiment de la nouvelle cuisine à la Vieillesse (femmes) ; — 38 maisons de secours ; — la Maison municipale de santé ; — la maison de Sainte-Périne à Auteuil ; — la maison de retraite des Ménages à Issy ; — l'hospice des incurables (hommes) à Ivry ; — l'hôpital de Forges, près Paris, pour les enfants malades ; — l'hôpital de Berck-sur-mer

pour les enfants scrofuleux ; — l'hospice des
aliénés de Sainte-Anne, celui de Vaucluse,
celui de la Ville Evrard.

L'institution Sainte-Périne a été transférée,
en 1862, de la rue de Chaillot à Auteuil,
dans des bâtiments neufs.

Chaque pensionnaire de la maison d'Auteuil a un logement particulier, composé d'une
chambre, d'un cabinet et d'une petite anti-
chambre. L'établissement possède un salon de
réunion, une bibliothèque, des salons plus
petits pour les jeux et la lecture, un vaste
réfectoire, une infirmerie pourvue d'un service de bains.

La maison de retraite des Ménages a été
reconstruite à Issy, de 1860 à fin 1863, sur
une surface de 60,000 mètres. Elle renferme
648 chambres destinées aux époux en mé-
nage, aux veufs et aux veuves. Les chambres
des ménages sont divisées en deux, et comptent
22 mètres de superficie. Les chambres des

veufs ont 15 mètres 40 centimètres de surface.

Les 436 vieillards administrés en dortoir, et vivant de la vie commune, habitent de grandes salles très aérées. Les divers services sont réunis au centre de l'hospice.

Le nouvel hospice des incurables (hommes et femmes) a été inauguré à Ivry en 1869. Il est d'une importance considérable, occupe une surface de 13 hectares, y compris les cours, et les jardins ou préaux.

Le nouvel Hôtel-Dieu avance rapidement dans sa construction. Il est circonscrit par la place du parvis Notre-Dame, le quai Napoléon, la rue d'Arcole et la rue de la Cité, occupe un terrain de 22,000 mètres carrés, et se compose de trois corps de bâtiments distincts, dont la façade principale donne sur la place du parvis Notre-Dame.

Le premier corps de bâtiment est destiné à l'administration.

On installera, au rez-de-chaussée, les cabinets des médecins, les salles d'attente, de

réception, de pansements, le cabinet du directeur, celui de l'économe, les bureaux
d'admission avec leurs dépendances.

Au premier étage seront les appartements
du directeur, de l'économe, du pharmacien
en chef, des aumôniers et des employés.

Les internes auront au deuxième étage des
chambres spacieuses.

Dans la grande cour deux amphithéâtres
s'étendront de chaque côté pour les leçons
cliniques.

Le deuxième bâtiment sera formé d'une
vaste construction longitudinale, servant à
relier trois pavillons situés à droite et réser-
vés aux hommes, et trois autres à gauche,
consacrés aux femmes. Des préaux à jour,
plantés d'arbres et entourés de galeries, sépa-
reront les pavillons.

Le troisième corps de bâtiment comprendra
la chapelle, la salle des services funéraires,
l'amphithéâtre d'anatomie, la lingerie, la communauté des sœurs.

Dans toute l'étendue de l'hôpital est un vaste sous-sol ou sont disposés les services généraux, les magasins d'approvisionnement.

On a adopté pour la ventilation et le chauffage les méthodes les plus perfectionnées. Le chauffage s'accomplira à l'aide d'un système mixte combiné du chauffage à l'eau chaude et du chauffage à la vapeur.

Les diverses salles de l'hôpital, excepté les salles des malades, seront éclairées au gaz. La Seine et le canal de l'Ourcq fourniront un large approvisionnement d'eau. Des sonneries électriques, établissant des communications étendues et immédiates entre tous les services, en assureront la complète régularité.

Le nouvel Hôtel-Dieu réalisera toutes les améliorations introduites de nos jours dans les systèmes hospitaliers, et principalement une meilleure distribution des divers services, un fractionnement intelligent des malades.

Il contiendra 716 lits répartis de la manière suivante dans 84 pièces séparées et de gran-

deur différente, et sans comprendre 84 lits
installés dans des salles de rechange :

            18 salles   de 26 à 30 lits.

            3   »   de 10 à 12 »

            19   »   de   »   6 »

            44 chambres de   1 à 2 »

L'Hôtel-Dieu sera achevé en 1870, et livré
aux malades en 1871.

On doit commencer sous peu, sur le côteau
de Ménilmontant, l'établissement d'un nouvel
hôpital de 600 lits, destiné à secourir les
populations ouvrières placées dans l'espace si
considérable qui existe entre les hôpitaux
Lariboisière et Saint-Antoine.

§ 7.

DÉPENSE ET DOTATION ANNUELLES DE L'ASSISTANCE
PUBLIQUE — ORGANISATION DES SECOURS PU-
BLICS DANS LA ZONE ANNEXÉE — MÉCA-
NISME PERFECTIONNÉ DE L'ASSISTANCE
PUBLIQUE — HOMMAGE A SON
DIRECTEUR

Le revenu patrimonial de l'Assistance publique est moins considérable qu'on ne l'ima-
gine, il atteint la somme de douze millions
à peu près et se compose principalement du
droit des pauvres sur les spectacles, des boni
et bénéfices du Mont-de-Piété, d'une part
dans les produits des concessions et travaux
pour sépulture.

Il est impossible à l'Assistance publique de

suffire, avec ses seules ressources, aux dè-
penses de son service, elle reçoit de la ville
de Paris une subvention annuelle.

De 1852 à fin 1867, le chiffre de sa dépense, celui de ses ressources et de la subvention, ont été les suivants, d'après les
comptes financiers :

ANNÉES	DÉPENSES ORDINAIRES	RESSOURCES PROPRES	SUBVENTION MUNICIPALE
1852	12,238,702,85	8,345,477,35	4,421,813
1853	13,067,925,34	8,472,854,20	4,438,181
1854	14,906,128,07	8,295,344,75	5,498,082,50
1855	15,829,812,66	8,784,872,66	5,827,054
1856	16,561,585,29	9,150,160,02	6,475,672
1857	16,132,114,73	9,219,980,07	7,207,137
1858	15,442,882,53	9,021,961,50	7,202,301
1859	15,683,321,13	8,952,931,56	6,985,537
1860	17,310,728,90	9,366,852,69	7,537,607
1861	18,278,338,04	10,154,935,79	8,111,930
1862	18,913,009,81	10,976,798,68	8,772,982
1863	19,280,754,70	9,937,858,28	8,786,233
1864	17,045,165,77	8,916,708,44	8,787,317
1865	17,641,863,31	8,840,498,60	8,866,843
1866	18,557,850,05	8,860,171,26	9,454,727
1867	19,639,855,46	9,819,095,45	9,952,561

La ville de Paris accorde à l'Assistance publique, indépendamment de cette subvention, des subventions extraordinaires applicables aux grosses réparations et aux reconstructions des bâtiments.

L'Assistance publique possède des établissements spéciaux, comme une cave centrale, une boulangerie, une boucherie, une pharmacie pour la manipulation des principaux produits destinés aux hôpitaux et hospices ; ces établissements spéciaux donnent une économie considérable sur le prix du revient des produits.

La boulangerie fabrique chaque jour de 20,000 à 25,000 kilogrammes de pain blanc de première qualité, à cinq centimes de rabais sur le prix de la manutention ordinaire.

—

Depuis 1860, l'organisation des secours publics a reçu un grand développement dans les communes annexées.

Les maisons de secours, les asiles pour les

vieillards et infirmes, y manquaient complètement, et cependant ils étaient surtout nécessaires au milieu des populations laborieuses
qui forment l'immense majorité dans la zône
suburbaine.

Celle-ci comptait 35,000 indigents en 1860.

Son annexion coutera à l'Administration de
l'Assistance publique une somme de dix millions à peu près.

—

La ville de Paris est sans contredit la plus
hospitalière des villes de France et même des
capitales de l'Europe ; je viens de le démon-
trer surabondamment. L'Assistance publique y
déploie une admirable action d'unité, le mé-
canisme le plus expérimenté. Son personnel
administratif se compose de 4,349 employés, le
service médical compte 1,989 médecins, chi-
rurgiens, pharmaciens, élèves, sages femmes.

On admire chaque jour de plus en plus

l'activité prodigieuse, l'intelligence supérieure de M. Husson, directeur de l'Assistance publique, membre de l'institut, auteur de plu-plusieurs écrits remarquables.

Je cite parmi eux : Son travail sur les *Consommations de Paris,* sa *Statistique médicale des hopitaux de Paris,* son *Étude sur les hopitaux.*

CHAPITRE DEUXIÈME

Amélioration du service des eaux.

§ 1.

BRANCHES PRINCIPALES DE CE SERVICE DOTÉES
D'AMÉLIORATIONS — CONSTRUCTION DE RÉSER-
VOIRS — ÉTABLISSEMENT DE MACHINES
HYDRAULIQUES ET A VAPEUR

Le service des eaux de Paris a reçu, depuis 1852, d'importantes améliorations.

L'Administration municipale l'a assuré d'une
manière complète, sans hésiter devant la dépense, les difficultés, les résistances.

Paris était réduit, pour l'alimentation publique et privée, à des eaux impures autant
qu'insuffisantes; il a aujourd'hui de l'eau en

abondance, et, avant peu d'années, l'eau distribuée dans les maisons sera fraîche, pure,
salubre.

Les améliorations du service des eaux ont
été appliquées principalement à la construction
d'aqueducs considérables, à l'établissement de
machines hydrauliques, de réservoirs, de
puits artésiens, de fontaines monumentales, de
bornes-fontaines, à la distribution plus abondante de l'eau dans les maisons, sur la voie
publique, dans les squares et dans les parcs.

—

Paris ne possédait en 1854 que cinq réservoirs pour son approvisionnement; c'étaient
ceux de Monceaux, de Vaugirard, de la rue
Racine, de la rue Saint-Victor, et du Panthéon.

Les ingénieurs de la ville ayant constaté,
en 1857, que leur capacité totale était de
33,500 mètres cubes, qu'il n'existait qu'une
cuve de 500 mètres cubes pour recevoir les
38,000 mètres cubes d'eau montés en 24
heures par les machines de Chaillot, l'Admi-

nistration municipale décida que le réservoir de Passy serait construit immédiatement.

Cet ouvrage, plein de grandeur et de hardiesse, placé au point culminant de la colline et dont la dépense dépasse 700,000 francs, a été achevé à la fin de 1858. Il se compose de deux étages de bassins superposés, et recouverts de voutes qui ont quatre mètres d'ouverture et sont soutenues par des piliers reposant sur le radier. La profondeur des bassins inférieurs est de cinq mètres, celle des bassins supérieurs de 2 mètres 15.

Le réservoir a une capacité de 37,000 mètres cubes, son altitude permet d'alimenter le bois de Boulogne et les quartiers les plus élevés de l'ancien Paris entre les Champs-Elysées et la place du Trône. Il dessert aussi les quartiers voisins du nouveau Paris, principalement Passy, les Ternes et Batignolles.

En présence de l'accroissement constant de la population de Paris, on a créé successivement : le réservoir du télégraphe de Belle-

ville de 1863 à 1865, celui de Ménilmontant
de septembre 1863 à la fin de 1865, celui
des Buttes-Chaumont en 1867.

Le réservoir du télégraphe de Belleville,
d'une contenance de 18,000 mètres cubes, a
coûté 495,000 francs et couvre une superficie
de 34 ares. Il est à deux étages; le bassin
supérieur reçoit, du réservoir de Ménilmontant, 6,239 mètres cubes d'eau de la Dhuis;
le bassin inférieur contient 11,765 mètres
cubes d'eau de la Marne.

Le réservoir de Ménilmontant est divisé en
deux étages. Le bassin supérieur, de forme
semi-circulaire, a une surface de 22,000 mètres, et renferme 100,000 mètres cubes d'eau
de la Dhuis. Sa dimension a été calculée de
manière à pouvoir contenir la réserve de deux
jours et demi. Ses voutes ont 5 mètres 60
d'élévation et sont supportées, de 6 mètres en
6 mètres, par 590 piliers.

Le bassin inférieur est rectangulaire, couvre une surface de 10,000 mètres, emmaga-

sine 31,000 mètres cubes d'eau de la Marne. Sa voûte repose sur 240 piliers, infiniment plus massifs que ceux du bassin supérieur.

Le réservoir de Ménilmontant est un travail colossal, et le plus grand réservoir couvert qui ait été construit : il a coûté à peu près 3,600,000 francs.

Il alimente Belleville, Charonne, la Villette, la Chapelle, Montmartre et les quartiers de l'ancien Paris qui avoisinent le boulevard Malesherbes.

La capacité des réservoirs actuels de Paris est de 240,000 mètres cubes ; elle a été agrandie de 200,000 depuis 1854.

Un décret du 19 décembre 1866 a déclaré d'utilité publique la dérivation des sources de la Vanne, et les travaux ont été entrepris au commencement de 1868, sur plusieurs des points que parcourt le tracé de l'aqueduc de dérivation.

Les eaux seront amenées dans un réservoir construit à l'altitude de 80 mètres, sur le

3.

plateau de Mont-Rouge, pour desservir toutes les parties de l'ancien Paris.

Cet immense récipient, élevé complètement hors de terre, sera à deux étages, contiendra 300,000 mètres cubes d'eau, quantité presque triple de celle que reçoit le réservoir de Ménilmontant.

—

Les machines hydrauliques de Saint-Maur, et les pompes à feu de Port l'Anglais, de Maisons-Alfort, du quai d'Austerlitz, de Chaillot, d'Auteuil, de Neuilly, de Saint-Ouen, sont les principaux établissements à l'aide desquels l'eau est distribuée dans Paris.

Les machines hydrauliques de Saint-Maur ont commencé à fonctionner en 1864, et ont monté chaque jour dans le réservoir de Ménilmontant 40,000 mètres cubes d'eau de la Marne consommés par le bois de Vincennes et par les services publics des territoires annexés.

Les machines du quai d'Austerlitz, installées en 1863, ont augmenté de 11,000 mètres

cubes par jour l'approvisionnement de Charonne, de Belleville, de Montmartre, de Ménilmontant, sur la rive droite de la Seine,
et celui de Mont-Rouge, de Vaugirard, de Grenelle, sur la rive gauche.

Une puissante machine à vapeur, construite
en 1867 près du pont de Flandre, alimente
les réservoirs des Buttes Chaumont ; la pompe
de Chaillot envoie ses eaux dans ceux de Passy.

L'administration municipale a augmenté de
1,000 chevaux la force des machines destinées à monter l'eau ; de plus elle a acheté à
la Compagnie Générale des eaux plusieurs machines développant une force de 300 chevaux à peu près.

Les diverses pompes à feu fournissent en
24 heures 80,000 mètres cubes d'eau de Seine.

Les établissements hydrauliques de Trilbar-
dou et Isles-lez-Meldeuses ont été mis, en
1869, en complète exploitation, ils versent 80,000
mètres cubes d'eau de Marne dans le canal
de l'Ourcq.

§ 2.

ÉTABLISSEMENT DE CONDUITES D'EAU POTABLE —
DE PUITS ARTÉSIENS — DE FONTAINES MONU-
MENTALES — DE BORNES FONTAINES —
DE BOITES D'ARROSEMENT, ETC.

Au commencement de 1853, Paris avait 459 kilomètres de conduites d'eau potable, il en compte 524 à la fin de 1858.

Tous les tuyaux, à dimension trop faibles, sont remplacés avec soin pendant les années 1857 et 1858.

La longueur des conduites s'est accrue, dans l'ancien Paris et dans la zone annexée :

En 1860 de 23 kilomètres — en 1861 de 27 — en 1862 de 54 — en 1863 de 67 — en 1864 de 67 — en 1865 de 94 — en 1866 de 137 — en 1867 de 127 — en 1868 de 114.

En 1867, on a complété la distribution de l'eau de la Dhuis dans les quartiers hauts de la zone annexée et dans les quartiers contigus de l'ancien Paris.

L'Administration municipale a accompli, en matière de puits artésiens, des travaux d'un grand intérêt pour la science et pour le public.

Le puits de Passy, dont le forage a été achevé en 1861, donne une véritable rivière. Sa profondeur est de 650 mètres, cent mètres de plus que celui de Grenelle.

Deux autres puits ont été commencés depuis cinq ou six années ; le puits de la Butte aux Cailles, dans le 13e arrondissement, celui de la place Hébert, dans le 18e.

Le forage du puits de la Butte aux Cailles arrivera à 800 mètres de profondeur ; il a atteint celle de 400 à la fin de 1868. La nappe où puisent déjà les puits de Grenelle et de Passy ne pouvant plus fournir de l'eau assez abondamment, on a décidé qu'on la

traverserait pour le forage du puits de la
Butte, et qu'on irait chercher une nouvelle
nappe d'eau vive à une profondeur plus considérable.

Le puits de la place Hébert a été foré, à
la fin de 1868, jusques à la profondeur de
505 mètres.

———

De 1852 à fin 1867, on a construit à Paris
39 fontaines monumentales ou décoratives, ce
sont celles : Du rond point des Champs-Elysées (6), de la Madeleine (2), de Saint-Michel
(1), de Richard Lenoir (15), de la place
Courcelle (1), des Innocents (reconstruction)
(1), de la Trinité (1), de Saint-Augustin (1),
des Arts et Métiers (2), de Montholon (1),
de Grenelle (1), du Temple (1), de la rue
Soufflot (1), de la rue Pigale (1), de Malesherbes (2), de Réunion (1), de la Cascade
des Buttes-Chaumont (1).

A la place de l'ancienne fontaine Saint-
Michel, et du mince filet d'eau qu'elle donnait, s'élève le château d'eau monumental qui

décore l'entrée du boulevard Saint-Michel, sur la rive gauche de la Seine.

Les fontaines placées au milieu des places publiques de la capitale restaient à sec pendant la plus grande partie de l'année ; cet inconvénient a disparu.

Paris possède aujourd'hui 62 fontaines monumentales dont le débit est de 2,400 mètres cubes d'eau à l'heure.

La grande fontaine qui doit occuper le centre de la place du Château d'Eau sera inaugurée dans quelques mois. Elle présente quatre cascades disposées circulairement et alternant avec quatre gradins de fleurs. Huit lions accroupis, dont la gueule lance une eau abondante, animent la composition. Un candélabre en bronze, d'une dimension considérable et du dessin le plus riche, se dressera au milieu du monument.

Deux fontaines en marbre vont prochainement décorer la place du Théâtre Français. Chacun de ces monuments aura dix mètres

de hauteur, sera surmonté de statues de
Nymphes, et se composera d'un bassin inférieur formant soubassement en pierre du Jura.

Il y a quelques années, les fontaines publiques donnaient peu d'eau, elles la mesu-
raient ; actuellement elles la versent en abondance. On en a établi cent nouvelles dans la
zone annexée.

—

Paris était desservi, en 1854, par 62 boites
d'arrosement, 65 coffres d'incendie, 59 bureaux
de stationnement de voitures, 1,900 bornes-
fontaines ou bouches d'eau trottoirs ; il a,
en 1868, 1,061 poteaux ou boites d'arrosement, 65 coffres d'incendie, 156 bureaux de
stationnement de voitures, 4,480 bornes-fontaines ou bouches d'eau trottoirs.

§ 3.

AUGMENTATION SUCCESSIVE DEPUIS 1852 DE LA
QUANTITÉ D'EAU DISTRIBUÉE PAR 24 HEURES
DANS LA CAPITALE — CHIFFRE DE SON
APPROVISIONNEMENT DE CHAQUE JOUR
EN 1870

La quantité d'eau distribuée chaque jour à
Paris, en 1854, était de 70,000 mètres cubes,
ce qui donnait 69 litres par individu ; elle a
été, en 1862, de 136,834 ; en 1865, jusques
à la fin septembre, de 195,000 mètres, soit
de 115 litres par habitant.

Ces 195,000 mètres étaient ainsi répartis :
105,000 mètres cubes du canal de l'Ourcq,

80,000 d'eau de Seine,

10,000 d'Arcueil, des puits artésiens et des sources de Belleville.

La Dhuis, source champenoise, arrivée dans la capitale le 1er octobre 1865, a apporté à son approvisionnement une augmentation de 26,000 mètres cubes par jour. Elle est destinée à alimenter une partie des quartiers de la rive droite, et son débit ira à 40,000 mètres cubes en 24 heures dès qu'on y aura réuni les sources d'une vallée voisine, celles du Surmelin.

Au mois de juillet 1858, le Conseil municipal de Paris, accueillant la demande de M. le Préfet de la Seine, avait décidé que la Dhuis serait amenée au plutôt dans la capitale.

La quantité de 300,000 mètres cubes d'eau, dont le service municipal dispose aujourd'hui, sera insuffisante avant peu d'années pour les besoins sans cesse croissants de la ville. L'administration a prévu cette insuffisance et prépare les moyens d'y remédier.

D'importants travaux se poursuivent activement à cette heure pour augmenter, dans de grandes proportions, le volume des eaux que Paris aura à distribuer. Parmi eux figure, au premier rang, la construction de l'aqueduc qui conduira la source de la Vanne à Paris.

La Vanne arrivera sur le plateau de Mont-Rouge, à 80 mètres d'altitude, et donnera 100,000 mètres cubes en 24 heures, soit 1,160 litres par seconde. L'aqueduc, destiné à ses eaux, aura une longueur de 165,000 mètres ou de 41 lieues ; sa construction, et celle du réservoir de Mont-Rouge, couteront 35 millions à peu près.

—

En 1870 ou en 1871, le volume des eaux de Paris sera augmenté de 100,000 mètres cubes en eaux de sources. Il sera alors, par 24 heures, de 435,000 mètres cubes divisés ainsi :

Eaux de rivières, 285,000 mètres cubes,

Eaux de puits artésiens, 24,000 mètres cubes,

Eaux de sources, 126,200 mètres cubes.

Paris, en 1870, disposera donc, par jour et par habitant, de 260 litres à peu près, dont 80 destinés exclusivement à l'alimentation. Il affectera les eaux de sources aux usages domestiques, et restreindra l'emploi des eaux de rivières aux services publics, fontaines monumentales, squares, arrosages de la voie.

Peu de villes auront un volume d'eau aussi élevé que Paris.

—

M. le Préfet Haussmann, en étendant et généralisant l'usage abondant de l'eau dans la capitale, lui a rendu un immense service.

Ses divers mémoires sur la question des eaux sont des plus complets et intéressants, ils ont vivement excité l'attention publique.

CHAPITRE TROISIÈME

Amélioration de la canalisation souterraine.

§ 1.

COLLECTEURS GÉNÉRAUX ET SECONDAIRES
BRANCHEMENTS

L'Administration municipale a considérablement amélioré, depuis 1852, la canalisation souterraine; de magnifiques et spacieuses galeries ont été creusées dans les profondeurs du sol parisien.

Paris possède deux grands égouts collecteurs, celui de la rive droite et celui de la rive gauche.

Le collecteur général de la rive droite, construit de 1857 à 1859, reçoit toutes les eaux ménagères, toutes les immondices de la rive droite, et va les déverser en Seine, près du pont d'Asnières, à plusieurs lieues en aval de la capitale.

Il part de la place de la Concorde, suit la rue Royale et le boulevard Malesherbes jusques à la place Laborde, d'où un tunnel l'amène à la Seine.

Il a plus de cinq kilomètres de développement, mesure en largeur 5 mètres 60 centimètres, en hauteur 4 mètres 40 centimètres, compte deux banquettes de 0,90 de largeur, une cunette de 3 mètres 50 de largeur sur 1 mètre 35 de profondeur.

De 50 en 50 mètres, des regards, munis d'échelons en fer, donnent accès dans les galeries, et communiquent à des chambres de sauvetage, où les égoutiers remisent leurs ustensiles et peuvent se réfugier dans le cas d'une inondation subite produite par une pluie d'orage.

Le grand collecteur de la rive droite a présenté pour sa construction des difficultés inouïes, et coûté une somme de 4 millions à peu près. Il protège à jamais les quartiers bas de la rive droite contre les inondations qui les désolaient périodiquement pendant les saisons pluvieuses.

Le collecteur général de la rive gauche prend la Bièvre dans la rue Geoffroy Saint-Hilaire, se dirige par la rue Saint-Victor, le boulevard Saint-Germain, le boulevard Saint-Michel et les quais jusques au pont de l'Alma ; il y traverse la Seine dans un siphon placé sous le lit du fleuve, et porte les eaux fangeuses de la Bièvre, ainsi que celles des égouts de la rive gauche, au grand collecteur de la rive droite, en passant à une grande profondeur sous l'avenue Joséphine, la place de l'Étoile, l'avenue de Wagram, la rue de Courcelles ; la jonction des deux collecteurs

généraux s'accomplit à la sortie du village
Levallois, sous la route d'Asnières.

Le siphon de l'Alma a été immergé à la
fin de novembre 1868.

Avant l'inauguration du collecteur de la
rive gauche, les eaux de la Bièvre et toutes
les matières provenant de la rive gauche
débouchaient dans la Seine, en infectaient les
bords, y amassaient le sable et les détritus
au point que la navigation eût été interrom-
pue à chaque instant sans un draguage
continuel.

Des siphons semblables à celui de l'Alma
rattacheront incessamment les égouts de la
cité et de l'île Saint-Louis au collecteur des
quais de la rive droite. Ce travail complétera
le merveilleux système qui constitue la canalisation souterraine de Paris.

Sur la rive droite, quatre artères principales, le collecteur des Coteaux, le collecteur
des Petits Champs, celui de Rivoli, celui des
Quais, recueillent le produit des égouts trans-

versaux situés sur leur chemin, et vont se
dégorger dans le collecteur général de la rive
droite.

Un collecteur spécial dessert le côté gauche
du boulevard Sébastopol et relie le collecteur
des Coteaux au collecteur des Quais.

Conformément au décret du 26 mars 1852,
des égouts particuliers, ou branchements, doi-
vent amener aux égouts publics les eaux
pluviales et ménagères des propriétés privées.

L'exécution de ce décret a été poursuivie
activement.

A la fin de 1867 on compte 11,900 branchements.

§ 2.

CURAGE DES ÉGOUTS — DÉVELOPPEMENT SUCCESSIF
DE LEUR RÉSEAU — GRANDEUR ATTACHÉE
AU TRAVAIL DE LA CANALISATION
SOUTERRAINE

Le soin le plus attentif préside au curage des égouts.

Les petits sont régulièrement nettoyés deux fois par semaine, au moyen de l'eau et avec des rabots en bois. Le bateau-vanne et le wagon-vanne sont employés au curage des collecteurs.

Le bateau-vanne, invention aussi simple qu'ingénieuse, sert dans les galeries de la plus grande dimension, où le curage à la main serait impossible. C'est un bateau à l'avant duquel est suspendue une vanne percée de trous, et dont le contour a la forme de la cuvette de l'égout. L'eau accumulée en arrière de la vanne sort avec force par les ouvertures, soulève les matières en dépôt et les chasse devant elle.

Le bateau-vanne marche seul, sous la surveillance de deux ouvriers ; il fonctionne jour et nuit pendant l'hiver.

Dans les collecteurs de moindre dimension, il est remplacé par le wagon-vanne pourvu d'un appareil semblable, mais qui, au lieu de flotter, roule sur des rails posés au bord des banquettes latérales.

—

Le réseau des égouts de Paris comptait, en 1852, 157 kilomètres ; il s'est accru :

En 1853 de 6,099 mètres ;
En 1854 de 2,181 ;
En 1855 de 2,676 ;
En 1856 de 3,528 ;
En 1857 de 10,999 ;

En 1858 de 4,436 mètres;

En 1859 de 18,383;

En 1860 de 19,944;

En 1861 de 20,079;

En 1862 de 30,057;

En 1863 de 36,000;

En 1864 de 39,227;

En 1865 de 46,600;

En 1866 de 74,000;

En 1867 de 61,000;

En 1868 de 31,000.

Des galeries d'égout sont construites aujourd'hui sous toutes les voies nouvelles, sous toutes les chaussées qu'on a relevées à bout dans les anciens quartiers, sous toutes les rues de la zone annexée qui ont reçu le pavage réglementaire.

A la fin de 1868, l'ensemble de la canalisation souterraine a une longueur de près de 560 kilomètres; le réseau des égouts collecteurs portant bateau et wagon est de quarante-deux kilomètres.

Au milieu de ces magnifiques travaux d'utilité publique dont la capitale a été dotée, la canalisation souterraine figure comme le plus considérable et le plus compliqué dans les mille détails de son accomplissement. Elle marche avec une admirable rapidité, présente un caractère vraiment exceptionnel de grandeur.

Après son complet achèvement, elle aura une longueur de 800,000 mètres, ou de 200 lieues.

En finissant ce chapitre, je veux citer le passage suivant d'un article que M. Henri De Parville a publié dans le *Constitutionnel* du 9 janvier 1869 :

« La ville de Paris a réalisé des travaux considérables d'assainissement, et, nous devons le dire, les procédés mis en œuvre font largement honneur à l'administration. Le drainage a été exécuté à Paris sur une grande échelle, et avec une sûreté de vue et un ensemble qui n'ont nulle part leur analogue.

4.

La supériorité du système parisien éclate
partout par sa simplicité. »

« Notre réseau souterrain a été parfaitement combiné. La ventilation s'y fait par
les bouches de décharge et les portes d'entrée.
L'eau arrive en excès dans nos égouts et
emporte les immondices avant que la putré-
faction ne se soit produite. »

CHAPITRE QUATRIÈME

Multiplication des plantations dans la capitale.

§ 1.

CRÉATION DES SQUARES

Les plantations ont été multipliées à Paris dans ces dernières années ; la verdure et les fleurs s'y présentent de toutes parts.

Je vais consacrer quelques pages à la création de squares, de jardins, de parterres et parcs, à la transformation des bois de Boulogne et de Vincennes, aux plantations d'arbres sur les voies publiques.

Vingt-deux squares sont semés sur la surface de la capitale ; le tableau ci-contre indique, pour chacun d'eux, la contenance et l'année de la création.

NOMS	ANNÉE DE LA CRÉATION	CONTENANCE
Square St-Jacques	1856	5,222ᵐ·ᶜ·18
de l'Archevêché...		6,605 00
Square de la rue Royale...........	1866 (1)	10,021 74
des Innocents......	1859	2,068 66
Louvois.............	1859	2,263 25
Sainte-Clotilde.....	1859	1,738 15
du Temple..........	1857-1858-1859	7,038 86
Vintimille..........	1861	807 11
de Montrouge......	1862	3,836 75
des Batignolles....	1862	13,926 97
de Belleville........	1862	3,058 52
Malesherbes........	1862	4,458 62
de la Chapelle......	1862-1863	627 14
des Arts et Métiers	1862-1863	4,044 89
Montholon..........	1863-1864	4,223 21
des Invalides (côté du boulevard....	1865	3,983 83
des Invalides (La-motte-Piquet)...	1865	3,966 02
de la Trinité.......	1865-1866	3,117 69
Victor.............	1865-1867	21,040 80
Square Louis XVI	1867	4,041 16
Delaborde	1867	3,691 82
Monge..............	1868	3,600 00

(1) Cette date est celle des derniers travaux d'amélioration. L'établissement de la place remonte à une époque reculée.

La tour Saint-Jacques la Boucherie, magni-
fiquement restaurée en 1854 et 1855, est
aujourd'hui presque au centre d'un vaste
square où de gracieuses rangées d'arbres, un
massif de bananiers, et une plantation de
cannes, reposent agréablement le regard de
la longue ligne architecturale de la rue de
Rivoli.

Le square du Marché des Innocents se
déroule autour de la fontaine décorée par le
ciseau de Jean Goujon, et donne aux habitants de ce quartier populeux l'agrément de
la verdure.

Le square du Conservatoire des Arts et
Métiers est orné de deux fontaines, planté
de cent et quelques marronniers disposés régulièrement de manière à présenter au centre
une avenue qui conduit à la porte du Conservatoire.

Trois massifs principaux, isolés par des

massifs de quatre mètres de largeur, forment
le square du Temple; le massif du fond présente une pièce d'eau et un rocher.

Les arbres magnifiques que le jardin possédait ont été conservés dans le square ;
des plantations nouvelles y ont été faites en
arbres et arbustes à feuilles persistantes et de
grande dimension.

Le square Montholon, de forme rectangulaire, suit un plan faiblement incliné. Des
marronniers, des frènes à fleurs, des platanes
et autres arbres verts, des pelouses, des
massifs, peuplent ses diverses parties, et des
milliers de fleurs complètent sa décoratio .
Au centre est un bassin alimenté par une
source qui s'épanche d'un amas pittoresque de
roches ; des allées larges et gracieuses ont
été réservées à la circulation.

La création du square Montholon a été un

bienfait pour un quartier privé de toute promenade.

On a transformé en un square des plus
riants l'îlot où la chapelle expiatoire Louis
XVI est construite.

Le square de l'Hôtel des Invalides et celui
de l'avenue Lamothe-Piquet, ont coquettement
surgi autour de l'Hôtel des Invalides.

Le premier est placé à l'extrémité de
l'Hôtel, du côté du boulevard des Invalides.

Le square de l'avenue Lamothe-Piquet est
dessiné sur le point où se rencontrent cette
avenue et le boulevard Latour-Maubourg ; il
se prolonge jusqu'au fossé servant de cadre
au jardin de l'Hôtel des Invalides.

A peine la loi de juin 1859 a-t-elle annexé
à Paris les communes de la banlieue, que de
grands travaux sont commencés pour que
chacune d'elles soit dotée d'un square.

De vertes pelouses, et des bosquets d'arbres

à feuillage persistant, ont ajouté à l'agrément de la vaste promenade des Batignolles, que de magnifiques marronniers décoraient déjà.

Les places Violet et du Commerce et l'avenue Victor, à Grenelle, les places de la Mairie à Vaugirard et à Montrouge, les places de la Chapelle, de Belleville, et celle de la Réunion à Charonne, ont reçu leur large part d'arbres, de plantes, de gazon.

Un square, de la contenance de 5,000 mètres carrés à peu près, se crée sur une partie du vaste espace qu'occupait l'hospice des Petits Ménages, dans l'angle formé par la rencontre de la rue de la Chaise avec la rue de Sèvres. Il est déjà planté, gazonné et sablé ; on a utilisé, pour sa décoration, les magnifiques arbres séculaires de l'ancien promenoir de l'hospice.

A Montmartre, on doit convertir en square la place Saint-Pierre et une partie attenante de la Butte.

La création des squares a été accueillie

avec une immense faveur ; ils embellissent la cité, ils contribuent à son assainissement.

Chaque arrondissement aura son centre de végétation, son contingent de verdure et de fleurs.

§ 2.

CRÉATION DE JARDINS, PARTERRES ET PARCS

On achève, en avril 1855, la création des jardins qui s'étendent devant les façades nord, est et sud du Louvre. Magnifique est leur aspect avec leurs tapis de gazon, leurs plates-bandes ornées de fleurs et gracieusement encadrées de buis et de lierre.

Au milieu des vastes pelouses dont l'avenue de l'Impératrice est bordée de chaque côté, on a disposé cinquante-six massifs ou 4,500 arbres et arbustes différents forment la plus

précieuse collection qui ait été réunie jusques
à ce jour sur un seul point.

Quatre de ces massifs, placés près de la
porte Dauphine, appellent particulièrement
l'admiration; deux présentent la série complète des magnoliers à feuilles caduques, dans
les deux autres sont compris tous les magnoliers à feuilles persistantes.

Six cents espèces et variétés de conifères,
cinquante-cinq d'érables, et une foule d'autres
arbres richement choisis, sont partagées entre
les cinquante-deux autres massifs.

Les Champs-Élysées ont reçu de grandes
améliorations dans leur viabilité et leur décoration.

En 1856, 1857, 1858, leurs plantations,
cruellement atteintes, ont été renouvelées
d'une manière complète; des arbres de haute
futaie ont remplacé les ormes devenus caducs.

Deux vastes jardins anglais, avec pelouses
vallonnées, monticules, allées spacieuses, sont

établis, depuis 1858, entre le Palais de l'industrie et le cours la Reine, dans cette partie auparavant si déserte.

D'autres magnifiques jardins ont été créés, en
1859, entre la grande avenue, le palais de l'industrie, le cours la Reine et la place de la
Concorde; en 1860, sur les plateaux du côté droit
et du côté gauche.

Au commencement de 1859, la ville de Paris
a acheté en Belgique, au prix de 20,000 francs,
une collection de 4,000 arbres exotiques, ayant
une valeur de 300,000 francs au moins, et les a
consacrés à l'ornementation des jardins qui se
déroulent à l'entrée des Champs Elysées, depuis
l'avenue de Neuilly jusques au Cours de la
Reine.

Ces arbres appartiennent à 172 espèces, sont
placés au milieu d'arbustes et de buissons, et forment avec eux des groupes pittoresques par les
caractères divers de leurs feuillages, de leurs cou-
leurs et de leurs rameaux.

Le rond point des Champs Elysées a été

transformé en 1862, on y a démoli le bassin qui constituait un grave obstacle à la circulation sans cesse croissante de la grande avenue. Aujourd'hui le rond point attire et charme le regard avec ses parterres de verdure et de fleurs, avec ses bassins aux gerbes jalllissantes,

L'administration a ainsi doté les Champs Elysées, la grande promenade parisienne, de nouveaux et puissants attraits.

Les jardins du palais des Thermes ont un aspect sévère qui s'harmonise parfaitement avec les ruines qu'ils encadrent, leurs pelouses se dessinent gracieusement au milieu des constructions monumentales du boulevard.

La terre plein du Pont Neuf a été décoré d'arbres et de petits jardins qui marquent de la manière la plus riante la pointe occidentale de la Cité.

Au-dessus du canal Saint-Martin, couvert en 1865, règne une promenade plantée d'arbres, coupée de dix-huit parterres, et se développant, sur une longueur de 40 mètres à peu près, dans un parcours de 20,000.

Chaque parterre, clos d'une grille, présente une fontaine jaillissante. Des corbeilles garnies de plantes et de fleurs sont placées au milieu de la promenade, en rang longitudinal, et se succèdent, de 50 en 50 mètres, depuis la Bastille jusque à la rue d'Angoulème. Chacune d'elles est ornée d'un bassin de pierre et de pièces hydrauliques.

En 1866, aux abords de la place de l'Alma, un grand' terrain, de forme triangulaire, est changé en un magnifique parterre où les fleurs sont semées à profusion.

Les hauteurs du trocadero ont disparu ; ce vaste amphithéâtre, de vingt hectares à peu près, a été revêtu de gazonnement et de fleurs, bordé de plantations et sillonné d'allées qui descendent en pentes douces jusques à la Seine. Une riche décoration architecturale, et une fontaine gigantesque au sommet du grand escalier, compléteront l'aspect de cette place qui sera l'une des plus monumentales du monde.

—

Paris renferme trois parcs, celui de Monceaux, celui des Buttes Chaumont, celui de Mont-Souris.

Une surface de dix hectares, prise sur l'ancien parc de Monceaux et concédée à la ville, est devenue une magnifique promenade publique, dont les quatre entrées sont reliées entre elles par deux voies carrossables d'une largeur de quinze mètres.

Les ruisseaux, les ponts, les cascades ont été complètement reconstruits. Un des principaux monuments du parc est la rotonde qui forme le fond de la naumachie.

Un décret du 28 juillet 1862 a prescrit la création d'un jardin public et l'ouverture de la rue de Puebla sur l'emplacement des Buttes Chaumont, situées entre la Villette et Belleville.

La transformation de ce quartier a été un véritable bienfait pour les populations laborieuses du nord de la capitale.

Les Buttes Chaumont ne présentaient qu'une solitude désolée, qu'un amas de fondrières, qu'un terrain dénudé et pierreux ; aujourd'hui elles ont dépouillé leur morne physionomie, elles sont changées en un parc immense et pittoresque, entouré de larges boulevards.

Leur sol a été régularisé, des apports considérables de terre végétale l'ont rendu apte à recevoir des semis et plantations, on y a creusé un petit lac au pied du promontoire, ménagé des labyrinthes, des cascades, des rochers, tracé une voie circulaire de vingt mètres de largeur, des allées et des sentiers, suivant l'inclinaison des pentes et en combinant les effets avec art.

Un pont léger, jeté au-dessus du lac, réunit à la terre ferme la masse imposante des rochers qui forment le temple de la Sybille, une des curiosités du parc, et qui surplombent les eaux.

Les parties abruptes et les rochers sont peuplés de pins et d'autres arbres d'un aspect sévère ; les vallons et les plateaux ont reçu des plantations plus riantes.

La promenade des Buttes Chaumont, conquise sur les déserts du 19e arrondissement, a vingt-deux hectares de superficie, et présente un panorama sans rival au monde. On a accompli, pour la créer, des mouvements de terrain dont l'importance dépasse toute description.

Le parc de Mont-Souris a été commencé, en 1867, sur les coteaux de la rive gauche de la Biévre, son étendue est de seize hectares. Il sera pour les habitants du Sud de Paris une magnifique promenade où abonderont les sites les plus pittoresques.

§ 3.

TRANSFORMATION DES BOIS DE BOULOGNE ET DE VINCENNES

Conformément à la loi du 8 juillet 1852, la ville de Paris reçoit la concession du bois de Boulogne, sous la condition qu'elle consacrera à son embellissement, dans le délai de quatre ans, une somme de deux millions au moins.

Promenade autrefois aride et poudreuse, le bois de Boulogne est devenu le plus splendide parc de l'Europe; il a été tranformé sur une surface de 873 hectares, dont trente sont en pièces d'eau.

Des milliers d'arbres et d'arbustes précieux de l'Inde, du Mexique, du Japon, de la Chine, de l'Amérique, ont été placés dans l'île du nord et l'île du sud.

Les plantes exotiques décorent en foule l'île du nord, ainsi les caladium, les aliziers du Mexique, les cannas, les crinoles d'Amérique, les dielytres de la Chine, les glandalulis à bouquet de l'Inde, les bananiers, cocotiers, cannes à sucre, les dattiers et autres représentants de la famille des palmiers.

On admire dans l'île du sud des massifs d'hydrangées, des dragonniers des Canaries et de l'île Maurice, des aralias de l'Inde et du Japon, des bambous noirs, des buissons de rhododendrons, des kalmies, des indigotiers de l'Inde et cent autres végétaux.

Des collections de plantes aquatiques sont disséminées sur les pourtours des deux îles.

La ville de Paris a dépensé la somme de

sept millions pour travaux dans l'ancien bois
de Boulogne.

En 1859, la forêt de Vincennes est dis-
traite du domaine de la couronne et concédée
à la ville de Paris, avec réserve de certaines parties.

La ville prend l'engagement d'achever les
travaux d'embellissement commencés par la
liste civile.

La forêt de Vincennes, auparavant si mo-
notone d'aspect, est aujourd'hui une délicieuse
promenade qu'animent des rivières, des cascades, des lacs.

Le charme et la variété des sites séduisent
constamment le promeneur depuis le cours
Marigny, devenu un square régulier, jusques
à Joinville.

La butte de Gravelle, élevée sur la lizière
culminante, offre de magnifiques points de
vue. Du haut du monticule, on découvre

vingt-sept villages se dessinant à l'horizon, et plusieurs des monuments de Paris.

Les eaux dérivées de Gravelle, en arrivant à la fin de leur course, se précipitent du haut d'un rocher en cascade et créent un lac de forme elliptique et d'une superficie de huit hectares. Deux îles verdoyantes, décorées d'un châlet et réunies par un pont rustique, y ont été ménagées; chacune d'elles renferme six hectares à peu près.

Le réservoir de Gravelle, d'une contenance de deux mille mètres cubes, alimente la rivière de Saint-Mandé qui parcourt 3,500 mètres et va former la cascade du lac de Saint-Mandé.

La rivière des Minimes serpente sur une longueur de 1,200 mètres, traverse la partie la plus richement boisée, et aboutit à la grande cascade du lac.

Une autre rivière, de plus de 900 mètres, coule du petit lac de Nogent, et se perd

dans la cascade, devant l'île de la 'Porte
Jaune.

Les plantations régulières ont été changées
en groupes d'arbres échelonnés qui distrayent
la vue. Aux anciens massifs d'arbres indi-
gènes, comme érables, bouleaux, ormes, chênes,
peupliers, se mêlent les platanes, les sophoras,
les vernis du Japon, les thuyas de la Chine,
les sumacs de Sainte-Lucie, les arbres à
feuilles persistantes, etc.

La plaine de Charenton a été réunie à la
forêt de Vincennes; autrefois aride et pier-
reuse, elle est couverte aujourd'hui d'une
magnifique végétation, et présente les sites les
plus pittoresques.

D'importants travaux ont été accomplis
pour l'arrosement de la forêt. Les conduites
d'eau placées sur les grandes routes, avec
bouches de sortie, ont une longueur de sept
kilomètres; celle des rivières est de six à
peu près.

Des chaussées macadamisées ont été substi-

tuées au pavé des routes impériales et dépar-
tementales qui traversent le bois. De larges
trottoirs, avec bordure de chaque côté et
pelouses vallonnées, ont remplacé les fourrés.
On a de plus ouvert quarante kilomètres
d'allées, de quatre à huit mètres de largeur,
pour les voitures et les cavaliers, et quinze
kilomètres de sentiers, de deux mètres, pour
les piétons.

Une avenue circulaire entoure le lac des
Minimes.

Le bois de Vincennes agrandi comprend
900 hectares, dont vingt-deux en pièces d'eau ;
sa transformation a coûté une somme de six
millions à peu près.

§ 4.

SERRES ET PÉPINIÈRES DE LA VILLE DE PARIS

En 1856, la ville de Paris, pour alimenter ses jardins et ses squares, a fondé un jardin fleuriste près de la Muette à Passy.

Cet établissement horticole, unique en Europe, a 64,000 mètres de superficie, dispose de plus de 10,000 mètres de surface vitrée en serres, en châssis. Des végétaux de toute sorte y sont soignés et en sortent, au printemps, pour venir se grouper en massifs et se profiler en bordures, sur les divers points de Paris.

Une serre chaude, d'une vaste étendue, est consacrée aux palmiers, lataniers, cocotiers, et autres végétaux exotiques, dont le développement réclame une température élevée.

Une autre serre abrite les camellias en arbre qui sont cultivés en pleine terre ; plusieurs d'entre eux mesurent six mètres de hauteur.

Des myriades de plantes de tous genres sont placées dans une serre tempérée, de plus de 400 mètres de surface.

Une serre froide contient des camellias en caisses et en pots, une collection d'eucalyptus et une autre de mimosas des plus curieuses.

Un pavillon, affecté aux grandes arialacées, en renferme près de 400, en soixante espèces ; elles sont une précieuse ressource pour la décoration des pelouses pendant l'été ; on les plante en groupes ou isolément.

Les collections spéciales de bananiers, de graminées ornementales, d'aroidées, de ficus, de begonias, de cannas, de dragenniers, de pélargoniums, méritent l'attention.

La collection des solanées et celle des pendanus sont les plus riches qu'on ait réunies sur le continent.

Une serre à vitrage surbaissé, et destinée aux multiplications, présente 200 mètres de surface ; el'e est chauffée par un réseau de conduits à circulation d'eau chaude. On y compte près de 700 cloches en verre qui reçoivent chaque année plus d'un million de boutures.

Les jeunes plantes sont transférées de la serre des multiplications dans celle du sevrage, où elles prennent de la force avant d'être réparties dans les diverses serres spéciales.

Une provision de plus de 200,000 tubercules de cannas est déposée pendant l'hiver dans une cave immense, de 1,500 mètres de superficie.

Un vaste laboratoire sert pour le rempotage

des plantes, pour les manipulations de terres, terreaux, composts.

L'ensemble des serres est chauffé par vingt-deux appareils à eau chaude, et deux puissants calorifères à air chaud.

Le chiffre des plantes sorties du jardin de la Muette a été :

En 1856 de 4,000, — en 1857 de 50,000, — en 1858 de 125,000, — en 1859 de 361,000, — en 1860 de 475,000, — en 1861 de 671,200, — en 1862 de 750,000, — en 1863 de 842,037, — en 1864 de 870,164, — depuis 1864, la production moyenne s'élève annuellement à près de 2,000,000 de plantes.

Une succursale du jardin de la Muette a été formée dans le bois de Vincennes, au commencement de 1864, sur un terrain de cinq hectares. Le jardin de Vincennes fournit en moyenne près de 1,500,000 plantes par an.

La ville de Paris a créé, en 1857, dans la plaine de Longchamps, au bois de Boulogne,

une importante pépinière dont la superficie est
de plus de dix hectares, et qui est destinée
à produire les arbres les mieux appropriés
aux plantations de la capitale.

Une seconde pépinière, donnant des arbres
à feuilles caduques, est située dans la partie
sablonneuse du bois.

Enfin une dernière pépinière, de plus de
20 hectares, a été établie dans le département de la Marne ; on y élève des arbres
prêts à être transplantés en mottes, pour
remplir les vides qui se font dans les plantations des boulevards de Paris.

§ 5.

VOIES PLANTÉES DE LA CAPITALE — PROGRESSION
DU CHIFFRE DES ARBRES PLANTÉS — SOINS
DONNÉS AUX PLANTATIONS — AUGMENTA-
TION SUCCESSIVE DU CRÉDIT AFFECTÉ
A LEUR SERVICE — HOMMAGE A
M. ALPHAND, DIRECTEUR DE
LA VOIE PUBLIQUE ET
DES PROMENADES

Chaque jour les voies plantées de la capitale augmentent d'étendue.

Le boulevard extérieur et le chemin de
ronde intérieur, formant aujourd'hui une
seule et même voie publique, sont devenus
une magnifique promenade, garnie de plantations et de spacieux trottoirs ; ils présen-

tent vingt-cinq kilomètres de parcours, et quarante mètres de large dans presque toute leur longueur. Quatre rangées d'arbres ont été placées, au milieu de la grande voie, sur un promenoir sablé.

La place du Châtelet a été dotée d'un quinconce de marronniers.

La rue de l'Est, en 1864, a. acquis la largeur d'un boulevard, a été plantée d'arbres.

Deux quinconces d'arbres ont été disposés, en 1860, sur la place du Louvre, devant la Mairie du premier arrondissement et l'église Saint-Germain-l'Auxerrois ; ils se composent chacun de vingt-quatre marronniers, d'une hauteur de dix ou douze mètres. Pour la commodité des promeneurs, on a installé des bancs au milieu de ces quinconces, dont la verdure apporte une heureuse variété dans les masses architecturales de la place.

A la suite de la démolition du pont Louis-Philippe, deux charmants terre-pleins prome-

noirs sont établis, en 1862, à la pointe occidentale de l'île Saint-Louis, l'un au niveau
du chemin de hallage, l'autre au niveau du
quai.

Le boulevard Lenoir, avec ses plantations
et sa double chaussée, est une des belles
voies de la capitale.

La place du Trône, immense superficie de
50,000 mètres, a reçu, en 1862, une spacieuse
voie circulaire, plantée de marronniers.

De 1859 à 1864, les plantations ont été
renouvelées sur la grande voie des boulevards
intérieurs, depuis la Madeleine jusques à la
Bastille.

Avant 1859, les diverses essences étaient
mélangées sur le même boulevard et produisaient l'effet le plus disparate. Aujourd'hui
une seule espèce est affectée à chaque boulevard ; platanes, plunéras, vernis du Japon,
catalpas, ormes, marronniers, se présentent
successivement.

En février et mars 1865, sur le boulevard

de l'Alma, on plante de chaque côté deux
rangées de jeunes arbres , depuis le Cours
la Reine jusques à l'avenue des Champs-
Élysées, un peu au dessus de la rue du
Château aux Fleurs.

Aux anciennes contre-allées des boulevards
et des quais, où l'on ne rencontrait aucun
arbre, aucun point de repos, ont succédé
des promenades dont les allées sont plantées,
couvertes de bitume et garnies de bancs à
dossier.

Un boulevard planté sépare les deux grandes
sections des Halles centrales, et des lignes
d'arbres enveloppent chacun des pavillons dont
celles-ci sont formées.

On a terminé sur la place du Château
d'Eau, à la fin de 1867, l'établissement d'un
vaste promenoir recouvert d'un dallage en
bitume et qui répète, à droite de l'entrée
du boulevard du Prince Eugène, la disposition du promenoir situé de l'autre côté.

Chacun de ces promenoirs a quatre rangées de jeunes platanes.

Cette seule partie de la place a reçu deux cents arbres.

Le boulevard Haussmann a été planté pendant l'hiver 1867-1868.

La rue Mouffetard, devenue un magnifique boulevard de quarante mètres de largeur, a été dernièrement plantée d'une double rangée d'arbres sur chacun de ses côtés, à l'instar des boulevards du Port Royal, Arago, Saint-Marcel, qui l'avoisinent.

En 1858, sur les boulevards, les avenues et quais, on comptait 58,000 arbres d'alignement; il y en a 100,300 en 1868.

——

Sur toute la surface de Paris, l'Administration municipale, avec une sollicitude incessante, a changé des promenades poudreuses et monotones en fraîches pelouses, a semé des squares, des jardins, à l'aspect vivifiant.

6

Paris, en 1853, avait 216 hectares plantés, avec 69,125 arbres ; il renferme :

ANNÉES	HECTARES PLANTÉS	NOMBRE D'ARBRES
A la fin de 1855...	276	88,300
A la fin de 1859...	285	91,200
A la fin de 1863...	328	158,460
A la fin de 1865...	378	176,600
A la fin de 1868...	430	194,500

—

Les soins les plus minutieux président au choix et à l'installation des sujets destinés à remplacer les anciennes plantations, à en former de nouvelles. On consacre à celles-ci des arbres de dix à quinze ans, et de huit à dix mètres de hauteur.

Des mesures ont été prises avec succès pour combattre les causes multiples qui amènent le dépérissement des vieux arbres et arrêtent le développement des jeunes sujets.

Les vieux arbres sont déchaussés du pied, on forme autour de chacun d'eux une fosse profonde qu'on remplit de terre excellente. Pour les plantations nouvelles, on creuse des tranchées de trois mètres de largeur, et on les comble aussi de terre de la meilleure qualité.

—

Le crédit pour les promenades et plantations était, en 1853, de 168,650 francs, il s'est élevé :

En 1856 à 450,015 francs, — en 1860 à 1,690,700 francs, — en 1863 à 1,944,960 francs, — en 1865 à 2,220,050 francs, — en en 1866 à 2,357,570 francs, — en 1867 à 2,552,995 francs, — en 1868 à 2,548,600 francs.

En 1869, la dotation du service des Promenades et plantations reçoit un accroissement de 50,000 francs pour l'ouverture de nouvelles voies plantées.

—

M. Alphand, ingénieur en chef des ponts

et chaussées, directeur de la voie publique
et des promenades, a pris la part la plus
brillante aux embellissements de la capitale.
Digne successeur de Le Nôtre, il se connait
admirablement en paysages, en sites pittoresques, en effets de lointain, en magnifiques
points de vue ; il transforme avec un rare
bonheur les terrains les plus nus, il y mul-
tiplie par enchantement les pelouses et les
fleurs.

Il nous a habitués depuis des années à tous
les prestiges de sa puissance créatrice.

CHAPITRE CINQUIÈME

Développement de l'instruction publique.

§ 1.

ÉCOLES PRIMAIRES, CLASSES D'ADULTES, SALLES D'ASILES, OUVROIRS.

Le Conseil municipal a constamment sub-
venu, avec la générosité la plus large, aux
charges annuelles que l'instruction publique
apporte au budget de la ville.

Les chiffres ci-contre montrent la progression suivie, de 1852 à 1868, dans le nombre
des écoles primaires pour garçons et filles,
des classes d'adultes (hommes et femmes)
des salles d'asile.

6.

ÉTABLISSEMENTS PUBLICS	ANNÉE 1852		ANNÉE 1856		ANNÉE 1860		ANNÉE 1864	
	nombre des établissements	nombre des élèves	nombre des établissements	nombre des élèves	nombre des établissements	nombre des élèves	nombre des établissements	nombre des élèves
Écoles de garçons	62	15,642	64	16,582	93	22,198	100	27,897
Écoles de filles	66	13,454	66	12,610	96	21,102	102	23,721
Salles d'asile	40	7,960	42	6,239	68	10,000	70	12,207
Classes d'adult. hommes	24	5,264	24	5,330	50	8,400	50	8,723
Classes d'adult. femmes	11	500	11	550	16	1,050	16	1,064

ÉTABLISSEMENTS PUBLICS	ANNÉE 1865		ANNÉE 1866		ANNÉE 1867		ANNÉE 1869	
	nombre des établissements	nombre des élèves	nombre des établissements	nombre des élèves	nombre des établissements	nombre des élèves	nombre des établissements	nombre des élèves
Écoles de garçons	103	32,263	107	33,771	108	34,477	111	36,467
Écoles de filles	114	26,022	108	27,904	111	28,913	115	32,429
Salles d'asile	74	12,900	79	13,816	85	14,598	90	16,214
Écoles d'adult. hommes	51	8,095	58	17,118	58	14,620	58	
Écoles d'adult. femmes	18	1,635	20	3,025	20	3,300	29	4,879

Le 24 avril 1866, la Mairie du 5e arrondissement a ouvert, rue des Boulangers, au
quartier Saint-Victor, une école communale
destinée à recevoir 400 jeunes filles.

Le 17 octobre 1867, une nouvelle école,
parfaitement distribuée et très vaste, a été
inaugurée rue d'Allemagne, au dix-neuvième
arrondissement. Elle fait un grand honneur
à l'administration du Préfet de la Seine, et
peut soutenir hautement la comparaison avec
les établissements scolaires les plus vantés
de l'Allemagne et de l'Amérique.

La sollicitude de l'administration s'est appliquée sans relâche à étendre l'instruction
primaire dans la zone annexée. De 1860 à
la fin de 1868, on y a fondé 62 écoles pouvant contenir plus de 17,000 enfants.

En avril 1869, le Conseil municipal a
autorisé la construction de nouvelles écoles
dans la rue Blomet, au 15e arrondissement,
sur un terrain de 5,880 mètres.

Le 19 octobre 1869, la Mairie du 19e

arrondissement a inauguré, rue de Puebla,
un groupe scolaire comprenant une école de
garçons, une de filles et une salle d'asile.
Les bâtiments, appropriés admirablement à
leur destination, peuvent contenir plus de
1,200 enfants. L'établissement de ce groupe
scolaire a été un grand bienfait pour la population ouvrière qui habite le quartier du
Combat.

On va créer de nouvelles écoles dans la
rue des Partants, à 100 mètres à peu près
de la rue de Puebla.

§ 2.

ENSEIGNEMENT DU DESSIN

Le Préfet de la Seine, préoccupé des intérêts matériels autant que des intérêts moraux
de la population, a institué en 1863, une
commission chargée d'apprécier la situation
de l'enseignement du dessin dans les écoles
municipales, et d'indiquer les améliorations
dont il serait susceptible.

Le Préfet sait combien l'étude 'du dessin
géométrique et du dessin d'imitation se lie
étroitement au progrès de ces ateliers variés
dont se constitue l'industrie parisienne.

La commission, remplissant son mandat avec un succès complet, a donné à l'enseignement du dessin une base plus large et plus libérale, a maintenu aux ouvriers parisiens leur réputation d'habileté et de goût incomparable.

En 1865, la ville organise l'enseignement du dessin dans les écoles communales de garçons et de filles par des professeurs spéciaux.

Depuis 1863, le nombre des écoles spéciales de dessin subventionnées pour hommes et pour femmes s'est augmenté dans les proportions suivantes :

ÉCOLES POUR HOMMES

ANNÉES	NOMBRE DES ÉCOLES	DES ÉLÈVES
1863	6	1,000
1864	6	
1865	7	1,200
1866 . . , ...	6	
1867	6	
1868	6	1,300

Cours d'adultes hommes (dessin).

34 cours de dessin dont 7 cours de dessin géométrique.

ÉCOLES POUR FEMMES

ANNÉES	NOMBRE DES ÉCOLES	DES ÉLÈVES
1863	6	220
1864		
1865	20	500
1866	20	
1867	20	
1668	20	1,200

La Mairie du premier arrondissement a récemment établi, rue de l'Arbre Sec, une école de dessin et de gravure sur bois pour les jeunes personnes et les femmes.

§ 3.

AUGMENTATION SUCCESSIVE DES DÉPENSES DE L'INSTRUCTION PRIMAIRE

De 1852 à 1868, la somme affectée au service de l'instruction primaire s'est accrue constamment. Elle était, pour les dépenses ordinaires, en 1852, de 1,308,768 francs 70, elle s'est élevée :

En 1859 à 1,794,633 francs.

En 1863 à 3,019,707

En 1864 à 3,286,914

En 1865 à 3,815,940

En 1866 à 4,363,266

En 1867 à 5,684,452

En 1868 à 6,279,381

La dotation est augmentée, en 1869, de 91,576 francs.

La ville de Paris, indépendamment des divers établissements qu'elle administre, dote annuellement neuf écoles libres de garçons et huit de filles, alloue des subventions aux consistoires des cultes protestant et israélite pour l'entretien de leurs établissements particuliers.

§ 4.

ÉCOLES TURGOT ET COLBERT, COLLÉGE CHAPTAL

L'administration municipale porte un vif
intérêt à l'école Turgot, au collége Chaptal.

L'école Turgot, la première, a combiné,
dans une heureuse mesure, les études géné-
rales et pratiques dont se constitue l'enseignement industriel. Située rue du Vert Bois
et rue Turbigo, elle vient d'être considérablement agrandie, de recevoir une façade
monumentale sur le côté nord de la rue
Turbigo. Un pavillon à campanille s'élance
du milieu de cette façade et porte un cadran

d'horloge décoré des armes de la ville et de l'inscription suivante : « Collége municipal Turgot. » ·

Le collége Chaptal est le premier essai fait en France d'un enseignement professionnel préparant les jeunes gens pour toutes les carrières de l'industrie.

Il a été placé en 1839 sous la direction de la ville de Paris, et obtient depuis plusieurs années un immense succès. Ses élèves étudient les sciences physiques et mathématiques dans leurs applications les plus étendues aux besoins principaux du commerce, de l'industrie manufacturière et des arts.

La reconstruction du collége Chaptal se poursuit avec activité dans le huitième arrondissement.

Le nouvel établissement couvre une surface de 14,000 mètres carrés, est destiné à recevoir 600 élèves internes et 400 externes.

Une de ses divisions comprendra une cour de 1,500 mètres de surface, dix classes et

études, deux amphithéâtres de physique et de
chimie, des salles de collections, des labora-
toires, une bibliothèque, des salles de gym-
nase et de dessin.

Les divers corps de bâtiments seront reliés
entre eux par des abris et par des préaux
couverts.

En 1862, le conseil municipal a décidé que
quatre écoles similaires aux colléges Turgot
et Chaptal seraient crées dans divers arrondissements de la capitale.

La grande école Colbert, l'une d'elles, a été
inaugurée le 3 novembre 1868. Elle est construite rue du Château-Landon, au faubourg
Saint-Martin.

CHAPITRE SIXIÈME

Service de l'éclairage public.

§ 1.

SES DÉVELOPPEMENTS SUCCESSIFS DEPUIS 1852.

De 1852 à 1868, le service de l'éclairage public s'est chaque année agrandi et perfectionné.

Paris, en 1852, avait 12,800 becs, dont 12,494 au gaz, et 306 à l'huile ; il en compte, en 1859, 15,160 au gaz, 437 à l'huile.

Après l'annexion de la banlieue, en 1860, la progression de l'éclairage public a continué de la manière suivante :

		1860	1861	1862	1863	1864	1865	1866	1867
becs de gaz	Paris.....	15,270	15,931	16,604	17,352	17,844	18,221	19,077	21,050
	banlieue annexée.	3,015	3,859	5,864	7,516	8,714	9,179	10,096	11,038
becs à l'huile	Paris.....	85	85	70	70	60	60	60	280
	banlieue annexée	756	800	942	828	1,287	1,518	1,383	1,285
becs au schiste	banlieue annexée.	900	813	90	»	»	»	»	»
		20,026	21,488	23,570	25,766	27,905	28,978	30,616	33,653

Ces divers chiffres montrent combien, de 1852 à 1868, l'éclairage public a pris de l'extension à Paris.

La place de l'Étoile, celles du Carrousel et du Louvre, la rue Militaire, et plusieurs autres points de la voie publique, ont été pourvus d'un splendide éclairage.

Quatre-vingt-dix-huit candélabres à gaz, répartis sur le rond-point de la place de l'Étoile, y forment une double ligne de feu. Quarante-quatre d'entre eux sont installés à la tête des douze boulevards qui accèdent à cette place.

La rue Militaire, formant la dernière ceinture du nouveau Paris, et présentant douze mètres de largeur sur une longueur de trente-trois kilomètres, a été complétement éclairée.

Des candélabres à gaz entourent d'un cordon de lumière les places du Carrousel et du Louvre, autrefois si sombres.

La banlieue de Paris avait pour son éclairage, au moment de son annexion, 3,015 becs au gaz et 756 à l'huile, allumés pendant certaines heures seulement. Dès 1866, elle en a compté 10,096 au gaz et 1,383 à l'huile, qui brûlent d'une manière permanente et constituent son système à peu près complet d'élairage.

L'Administration municipale, s'imposant un grand sacrifice, a conclu en 1861 un traité avec la Compagnie d'éclairage pour assurer aux communes annexées, au point de vue des abonnements privés, les avantages que les habitants de l'ancien Paris possédaient déjà.

Depuis 1852, la lumière a été presque triplée sur la voie publique, et le développement des conduites de gaz a plus que doublé. En 1852 il comprenait 430 kilomètres, il en comprend 1,063 aujourd'hui.

En 1869, 1,000 nouveaux becs ont été installés dans l'ancien Paris comme dans la zone suburbaine.

§ 2.

SES PERFECTIONNEMENTS

L'éclairage public, indépendamment de ses agrandissements successifs, a reçu de notables améliorations.

En 1861, des sous-inspecteurs et piqueurs ont été adjoints aux inspecteurs chargés de ce service; l'administration, en prenant cette mesure, a voulu que sa vigilance fût partout présente le plus possible.

On a achevé, en septembre 1863, de doter nos principales voies publiques de nouveaux candélabres qui présentent d'importants avan-

tages sur les anciens. Ceux-ci portaient la
flamme du gaz à une trop grande hauteur,
et la disposition de la lanterne, dont ils
étaient surmontés, favorisait peu la diffusion
de la lumière. Dans les nouveaux appareils
d'éclairage, placés à vingt-cinq mètres l'un
de l'autre et sur la même ligne, la flamme
arrive à trois mètres seulement au-dessus du
sol, hauteur calculée pour avoir la plus forte
somme de lumière.

En 1866, on a augmenté la durée de l'allu-
mage pendant la matinée.

Paris est une des capitales où l'éclairage
public est le plus soigné et le plus abondant;
le soir tous les appareils s'y allument en
moins de trente minutes.

A une distance de plus de dix kilomètres
de la ville, on aperçoit une lueur éclatante,
indiquant un immense foyer de lumière.

C'est dans le passage des Panoramas, en
1818, que le gaz s'est montré pour la première fois à Paris.

CHAPITRE SEPTIÈME

Communications facilitées entre les diverses parties de la ville.

On se rappelle combien à Paris, il y a quelques années, la circulation rencontrait de difficultés sur une foule de points, combien à chaque instant, faute d'issues habilement ménagées, les communications étaient interrompues, et de grands détours devenaient indispensables pour accomplir le moindre trajet.

La création de voies magistrales et directes a remédié à cette situation fâcheuse; aujour-

d'hui toutes les parties de la capitale sont
reliées entre elles.

Parmi les principales de ces voies récemment ouvertes, je cite :

Les boulevards de Strasbourg, Haussmann,
Magenta, de l'Alma, Beaujon, Saint-Germain,
de l'Empereur, du Prince Eugène, de Saint-
Marcel, de Puebla, des Amandiers, Arago,
de Port Royal, Ornano, le Boulevard extérieur ;

L'avenue de l'Impératrice, l'avenue de Vincennes ;

La rue des Écoles, la rue du Cardinal
Lemoine, la rue Rivoli prolongée, la rue
Marignan, la rue Chaligny, la rue de Rome,
la rue Lafayette prolongée, la rue de Rouen,
la rue le Pelletier prolongée, la rue Maubeuge, la rue Neuve de Berry prolongée, la
rue Monge, la rue Gay-Lussac, le prolongement de la rue de Rennes, celui de la rue
des Saints-Père, de la rue Réaumur, de la

rue des Trois Frères, les rues de Puebla,
Turbigo, des Buttes-Chaumont.

Le boulevard de Strasbourg, large de vingt
mètres, met la gare de Strasbourg en communication avec les boulevards Saint-Denis
et Saint-Martin.

Le boulevard Haussmann, continuation de
l'avenue Friedland, relie l'extrémité orientale
de Paris à l'extrémité occidentale par la rue
Auber, la rue Lafayette, la rue d'Allemagne,
d'une part, et de l'autre, par l'avenue de
l'Impératrice. Il est destiné à venir se rac-
corder avec le boulevard Montmartre ; du
moment où il l'aura atteint, il formera le
complément d'une immense ligne traversant
la capitale dans toute sa longueur.

Le boulevard Magenta rend les communications directes entre les quartiers de Montmartre et la place du Château d'Eau qui est
le point de concours de tant de voies importantes.

Le boulevard de l'Alma rattache le quai de Billy et le cours la Reine à la partie supérieure des Champs-Elysées. Il sera continué, sur la rive gauche, jusques au Gros Caillou, et du quartier des Invalides jusques au boulevard Montparnasse.

Le boulevard Beaujon a ouvert, pour le quartier de la place de l'Étoile, un large débouché sur le faubourg Saint-Honoré et le quartier de la Chaussée d'Antin. Il a aussi contribué puissamment à désencombrer l'avenue des Champs-Elysées qui suffit à peine, dans certains jours, à l'affluence des promeneurs et des voitures.

Le boulevard Saint-Germain, décrivant un demi cercle sur la rive gauche de la Seine, a donné de grandes facilités à la circulation. Il permet aux voitures, comme aux piétons, d'éviter le promontoire principal de la rive gauche, et sert à des communications suivies entre le quartier de l'ancien 12e arrondissement et celui du faubourg Saint-Germain.

Le boulevard de l'Empereur est le chemin le plus court pour aller du faubourg Saint-Germain au bois de Boulogne.

Le boulevard du Prince Eugène, dont le développement est de 3,200 mètres, abrége de plus d'un kilomètre la distance qui sépare le centre de Paris de la forêt de Vincennes.

Le chemin de fer d'Orléans et le pont d'Austerlitz sont reliés avec la gare de Montparnasse par le boulevard Saint-Marcel, et presque directement avec la Barrière d'Enfer par le boulevard Arago.

L'ouverture du boulevard Saint-Marcel a complétement changé la physionomie du quartier Mouffetard et l'a doté de commodes moyens d'accès.

Le boulevard de Puebla, traversant la plaine de Saint-Denis entre Saint-Ouen et la porte de Clignancourt, au bas de Montmartre, crée une grande et importante voie de communication entre Paris et les villages suburbains du Nord.

Le boulevard des Amandiers était indispensable pour satisfaire aux besoins de la circulation dans la partie la plus excentrique du 11ᵉ arrondissement. Il est ouvert sur la place de la Caserne du Prince Eugène, et se dirige, au milieu de terrains consacrés à la culture maraichère, jusques à l'ancienne barrière des Amandiers.

Le boulevard Ornano, prolongement direct du boulevard Magenta, met le centre de Paris en communication avec la plaine de Clignancourt et toute la région limitée par le boulevard Ney et la ligne des anciens boulevards extérieurs.

A l'aide des boulevards Arago, Saint-Marcel et de Port Royal, les pentes abruptes de la vallée de la Bièvre ont disparu, et la circulation s'accomplit aujourd'hui dans tous les sens avec facilité.

Le boulevard extérieur et le chemin de ronde intérieur, devenus aujourd'hui une

seule et même voie, mettent en communication les rues qui venaient aboutir, des deux
parts, en face d'un obstacle infranchissable.

L'avenue de l'Impératrice rattache l'extrémité des Champs-Elysées au bois de Boulogne.

La nouvelle avenue de Vincennes est la
voie qui conduit le plus directement de la
place de la Bastille à la porte de Picpus et
au bois de Vincennes; elle a un développement de 3,500 mètres, une largeur de 32
à 40 mètres.

La rue des Écoles a rectifié un quartier
mal coupé, a donné un accès plus commode
à la Sorbonne, au collége de France, aux
écoles de Droit et de Médecine, a facilité le
mouvement considérable de marchandises et
de piétons qui s'accomplit sur ces divers
points.

Avant le percement de cette rue, en 1854,
les communications de la partie moyenne des
11e et 12e arrondissements ne pouvaient avoir

lieu qu'au moyen de voies tortueuses et de longs détours.

La rue du Cardinal Lemoine, en divisant d'une manière régulière le grand îlot circonscrit par le quai et les rues des fossés Saint-Victor et de Poissy, est venue puissamment en aide à la circulation générale, a établi une communication directe entre les parties supérieures du 12e arrondissement et les quais de la rive droite de la Seine.

Le prolongement de la rue de Rivoli a rendu accessibles le marais et le faubourg Saint-Antoine.

Cette rue, sans rivale dans le monde, compte 3,090 mètres depuis la rue Saint-Florentin jusques à la place Birague, dans la rue Saint-Antoine, et 2,400 mètres de la place Birague à la place du Trône.

La rue de Marignan, allant de l'avenue Montaigne à l'avenue des Champs-Elysées, a ouvert à cette grande promenade parisienne un débouché qui lui manquait de ce côté.

La rue de Chaligny relie directement la rue du faubourg Saint-Antoine au boulevard Mazas.

La rue de Rome unit le quartier de la Madeleine aux parties extrêmes du 17e arrondissement. Elle part de la rue de la Pépinière, gravit en pente douce les hauteurs de Monceaux, et débouche sur le boulevard des Batignolles auquel elle procure une issue de plus.

Le prolongement de la rue Lafayette était réclamé comme une mesure d'une haute importance au point de vue de la circulation publique. Il met en communication : 1° les parties supérieures des 2e, 3e, 5e arrondissements avec les quartiers qui avoisinent la place Vendôme ; 2° le boulevard Poissonnière avec le centre considérable que forment le faubourg Montmartre et le quartier de Saint-Lazare ; 3° la gare du chemin de fer de l'Ouest avec celles des chemins de fer du Nord et de Strasbourg.

La rue Lafayette prolongée est une des plus splendides voies du Paris moderne.

La rue de Rouen, ouverte entre le boulevard des Capucines et la rue du Hâvre, est destinée à dégager les abords de la gare des chemins de fer de l'Ouest.

Le prolongement de la rue le Pelletier établit une communication des plus utiles entre le boulevard des Italiens et le haut du faubourg Montmartre; il donne de plus aux rues Lafayette et de Maubeuge prolongées un débouché sur le boulevard.

La rue de Maubeuge relie le chemin de fer du Nord à la Chaussée d'Antin en passant par les faubourgs Poissonnière et Montmartre, derrière le square Montholon, et en venant rejoindre la rue Ollivier.

Le prolongement de la rue Neuve de Berry, au delà du faubourg Saint-Honoré, met en communication directe le quartier de Monceaux avec les Champs-Elysées, le rampant de Chaillot, et le quartier de Marbeuf.

Les rues Monge et Gay-Lussac ont rendu praticables les versants de la montagne Sainte-Geneviève, ont rattaché aux diverses parties de la ville les quartiers situés dans la vallée de la Biévre, et permis aux voitures l'accès direct de l'ancienne barrière d'Italie, où l'on n'arrivait commodément qu'en allant chercher soit le boulevard de l'Hôpital, soit celui de Saint-Jacques.

La rue de Rennes prolongée jusques au quai Conti, avec une largeur de 22 mètres, dégage complètement le quartier de la Croix Rouge, et surtout les rues du Vieux Colombier et du Four Saint-Germain qui sont souvent le théâtre de regrettables accidents, à cause de leur étroitesse et de leur encombrement.

La rue de Rennes prolongée va devenir une des artères maîtresses de la rive gauche.

Le prolongement de la rue des Saints-Pères, entre la rue Grenelle Saint-Germain et la rue de Sèvres, procure de nouveaux débouchés à la circulation du quartier, et désencombre aussi le carrefour de la Croix Rouge.

Le prolongement de la rue des Trois Frères, et l'ouverture de quelques autres rues, ont donné aux points les plus éloignés du quartier Saint-Georges un accès sur le boulevard des Italiens.

La rue de Réaumur, continuée jusques au boulevard des Capucines, crée une communication des plus utiles entre le Marais et les quartiers du centre et de l'ouest.

La rue de Puebla, qui se déroule en serpentant au bas des Buttes Chaumont, relie le Cours de Vincennes à l'ancienne barrière Pantin.

La rue Turbigo est une voie de communication directe entre la pointe Saint-Eustache et le Château d'Eau. La longueur de son parcours, au milieu de quartiers très populeux, est de 1,200 mètres sur une largeur de vingt.

La rue des Buttes Chaumont épargne aux voitures l'immense coude du boulevard extérieur ; elle part de l'ancienne barrière de la Chopinette, et conduit en ligne directe à l'ancienne barrière de Pantin.

La rue de Solferino a donné un débouché direct sur la rive gauche de la Seine, et désencombre la rue du Bac dans la partie la plus fréquentée de son parcours.

A l'aide d'un réseau de voies à pentes douces, on a rattaché les quartiers de Montmartre et de la Chapelle au centre de Paris, dont ils étaient presque complètement séparés.

Les communications, autrefois si difficiles, entre les 11e et 12e arrondissements sont aujourd'hui multipliées.

De nombreuses rues percées dans le quartier

d'Europe l'ont rapproché du centre de la ville
et vivifié par des accès commodes.

De larges débouchés ont été ouverts entre
la place du parvis Notre-Dame et les quais
du côté du nord, entre le boulevard du
Temple et la place du Trône, entre la rue
du Coq et la rue des Petits Champs, entre
le quartier des Halles et le Pont Neuf.

—

Les constructions de ponts et les élargissements de rues ont aussi aidé puissamment
à la facilité des communications.

La passerelle suspendue, dite pont Louis-
Philippe, n'avait plus la solidité nécessaire
à une circulation sans cesse croissante ; elle
a été remplacée par deux ponts fixes. L'un,
en magnifique pierre du Jura, relie la rive
droite à l'île Saint-Louis, et s'appelle pont
Louis-Philippe ; l'autre, en fonte de fer, porte
la dénomination de pont Saint-Louis, et réunit
l'île Saint-Louis à celle de la Cité.

Le pont de l'Alma a créé une communication nécessaire entre les quartiers extrêmes du 1er et du 10e arrondissements, dont la circulation n'était possible, du nord au sud, que par le pont d'Iéna et des Invalides, placés à une distance de 1,500 mètres l'un de l'autre.

Le pont double rattache le quai Montebello à la place du parvis Notre-Dame.

L'ancien pont suspendu des Invalides présentant peu de résistance, on était forcé d'en interdire le passage les jours de fêtes et de cérémonies publiques, alors que cette voie de communication entre les deux rives devenait le plus utile.

L'administration, pour remédier à ce grave inconvénient, a remplacé en 1855 le pont suspendu par un pont fixe en pierres.

Le changement de la passerelle d'Arcole en un pont à voiture a été d'un grand secours pour la facilité de la circulation, en présence du mouvement extraordinaire que

8

l'ouverture de la rue de Rivoli et le dégagement de l'Hôtel-de-Ville ont imprimé à ce
quartier.

Au commencement de 1863, les ponts de
Billancourt et d'Issy mettent en rapport
direct les rives de la Seine depuis le pont
de Grenelle jusques au pont de Sèvres. La
population de cette partie de la rive gauche
ne pouvait, avant l'établissement des ponts
de Billancourt et d'Issy, avoir de communication avec Passy, Auteuil, les quartiers de
la rive droite et le bois de Boulogne, que
par les ponts de Grenelle et de Sèvres, dis-
tants l'un de l'autre de presque six kilomètres.

Le pont de Bercy, construit en maçonnerie, a remplacé l'ancien pont suspendu avec
un grand avantage pour la sécurité publique
et pour la circulation si active qu'amène sur
ce point le voisinage de l'entrepôt des vins
et des gares de marchandises des chemins
de fer d'Orléans et de Lyon.

A l'aide du pont jeté sur le bras mort de la Seine, Saint-Ouen est en communication avec tous les villages de la presqu'île de Genevilliers.

Le pont construit sur la Seine, en amont d'Asnières, rattache l'île de la grande Jatte à la commune de Courbevoie.

Le pont de Chennevières, élevé sur la Marne, à l'extrémité du chemin de fer de Vincennes, et destiné à une circulation importante, relie le territoire de Saint-Maur au village de Chennevières, et dessert des localités dont les relations avec Paris sont incessantes.

Le pont de pierre actuellement en construction à Clichy-la-Garenne, en face du nouveau boulevard Saint-Vincent de Paul, va rattacher la plaine de Genevilliers aux boulevards extérieurs. Il abrégera considérablement, pour les nombreux cultivateurs établis dans cette plaine, la distance qui les sépare des Halles centrales.

La reconstruction projetée du pont du Car-
roussel dans de plus grandes proportions de
largeur, et dans de meilleures conditions de
solidité, est réclamée par la nécessité de
donner un débouché convenable aux deux
voies importantes qui viendront aboutir sur
la rive gauche, en face des guichets du Carrousel.

Les élargissements des rues les plus importants dans l'intérêt de la circulation publique ont été ceux :

De la rue Mouffetard à partir de l'église
Saint-Médard ;

Des rues Grénetat, des Lombards, Aubry-
le-Boucher, de la Cossonnerie, etc., aux abords
du boulevard de Strasbourg ;

De la rue Saint-Honoré, entre la rue de
Rohan et la rue de l'Échelle ;

De la rue d'Enfer sur ses deux faces ;

De la rue Saint-Jacques depuis les quais
jusques à la rue des Grés ;

De la rue de l'Est, dans la partie qui confine au Jardin du Luxembourg ;

De la rue Ollivier, entre les rues du faubourg Montmartre et de Saint-Georges ;

Des rues situées autour du marché du Temple ;

De la rue du Temple entre le boulevard et le point où elle se rencontre avec la rue Réaumur ;

De la rue de la Pépinière depuis la place du Hâvre jusques à la place de l'église Saint-Augustin ;

De la place de la Collégiale et des abords de la Boulangerie centrale des hôpitaux de Paris ;

De la rue Saint-Lazare depuis la place du Hâvre jusques à la place de l'église de la Trinité ;

Des rues du Hâvre, des Saints-Pères, de l'Oratoire du Louvre, de Saint-Martin, de la Barillerie, de la Harpe, Soufflot, Réaumur, Saint-Victor.

8,

—

Paris est devenu, malgré son agrandissement, la ville la plus facile à parcourir. Les
boulevards, les rues percées, prolongées, élargies y ont abrégé les distances, aidé à la
circulation, réalisé cette importante économie
du temps, dont les Américains nous ont en-
seigné le prix.

CHAPITRE HUITIÈME

Formation de nouveaux quartiers, régénération des anciens.

Depuis 1852, les nouveaux quartiers se sont multipliés à Paris, la plupart des anciens y ont reçu un rapide accroissement.

Je veux consacrer une page à cet important résultat.

Le quartier de l'Hôtel-de-Ville, autrefois le refuge d'une classe pauvre , est devenu un centre d'aisance et un foyer d'activité commerciale. Le dégagement des abords de l'Hôtel-de-Ville a surtout produit cet heureux résultat.

De grands travaux de voirie accomplis dans
le quartier de la Chaussée d'Antin lui ont
apporté de nouveaux éléments de prospérité.

On a vu le développement récent et presque
subit de la population dans les quartiers
adjacents à la rue de Clichy, à la rue
Blanche, à la rue Pigalle.

La vaste zone comprise entre les avenues
de Clichy et de Saint-Ouen ne présentait,
avant l'annexion de la banlieue, que des chan-
tiers et des cultures maraichères. Elle est
aujourd'hui sillonnée de voies nouvelles qui
se bordent de constructions.

Un quartier se forme sur l'emplacement
de l'ancien entrepôt des marais, près du canal
Saint-Martin. De larges rues y ont été tra-
cées, et se peuplent de maisons.

La construction des bassins de Saint-Ouen
et la création des docks, reliés par une voie
particulière au chemin de fer de l'Ouest, ont
vivifié le territoire situé entre la chapelle
Saint-Denis et les Ternes.

Montmartre et Clignancourt constituent le 18ᵉ arrondissement. A partir de 1860, on a bâti de toutes parts à Clignancourt, la population y a augmenté d'une manière merveilleuse. Un quartier complet, doté d'une église et de deux places, a surgi entre la rue Mercadet et les fortifications.

L'ouverture des boulevards Mazas et Contrescarpe, et de la magnifique avenue de Vincennes, a transformé le 12ᵉ arrondissement depuis la place de la Bastille jusques à l'ancienne barrière de Charenton. Cet espace considérable, couvert récemment de jardins maraichers, de masures, de mauvais chemins, sera, avant peu d'années, un des quartiers les plus mouvementés de la capitale.

Le boulevard Saint-Michel a apporté l'abondance et la population dans les quartiers qu'il traverse.

Une ville nouvelle se construit, entre l'ancien Paris et la zone annexée, sur les vastes coteaux où s'étendait la petite Pologne.

La régénération des quartiers situés au bord
de la Bièvre est due à l'élargissement et à
l'amélioration des voies publiques qui rayon-
nent autour de l'église Saint-Médard et de la
manufacture des Gobelins. Le mouvement et
la vie sont nés au milieu des populations
ouvrières qui habitent ces quartiers.

Depuis l'ouverture du boulevard Mazas et
la fondation de l'église de Saint-Éloi, le quartier de Reuilly a complètement changé d'aspect. Les constructions s'y sont multipliées,
elles ont envahi une masse de terrains consacrés à l'horticulture maraichère ou fleuriste.

A la place des baraques qu'on rencontrait
sur les anciens boulevards extérieurs, s'élè-
vent des maisons aussi belles que celles des
quartiers les plus riches dans le centre de
Paris.

La rue Marignan, ouverte du cours la
Reine à la place de l'Étoile, a divisé de spacieux îlots de terrains presque vagues, et a
considérablement augmenté leur valeur, en

les rendant propres à recevoir des constructions.

Le percement du boulevard du Prince Eugène et la couverture du canal Saint-Martin ont amené la création d'une grande ville industrielle dans les jardins maraichers compris entre le faubourg du Temple et le faubourg Saint-Antoine.

Le dégagement du Jardin du Luxembourg, et son isolement dans toutes ses parties, ont donné une vie nouvelle à cette fraction de la capitale.

La commune de Batignolles, devenue 17e arrondissement, se peuple et s'embellit chaque jour.

L'espace compris entre la Courtille et la barrière de Pantin était une zone morte, ne présentait que des marais de fange, que d'ignobles masures mal assises sur un sol en pente. Il a été régularisé, pourvu de rues commodes.

Un quartier nouveau a été fondé entre

l'avenue Montaigne, le quai Billy, l'avenue de l'Impératrice et l'avenue des Champs-Élysées.

Les rues Monge, Gay-Lussac et des Écoles, en se frayant un passage au milieu des vieilles et tristes rues de la montagne Sainte-Geneviève, y ont donné naissance à un magnifique quartier.

La partie orientale du huitième arrondissement a été complètement transformée par les grands percements dont elle a été le théâtre.

Le quartier Monceaux était un désert que l'ouverture du boulevard Malesherbes est venu animer et peupler.

Un quartier nouveau et brillant surgit à l'ouest de la place Saint-Germain des Près ; les travaux de construction sont poussés avec activité dans les rues de Rennes, du Vieux Colombier, du Four, de l'Égout, du Gindre prolongée.

Je m'arrête dans le développement que je

crois devoir donner à ce chapitre ; j'ai suffi-
samment démontré combien les travaux de
Paris ont eu pour conséquence d'y élever le
prix de la propriété immobilière. En 1852,
et d'après la matrice des rôles, la valeur de
la propriété bâtie était de 2 milliards,
557,077,714 francs ; elle monte aujourd'hui à
5 milliards, 956,895,119 francs. Dans ce
chiffre, la plus-value acquise par les maisons
anciennes est 1 milliard, 559,817,405 francs.

Les classes industrielles et commerçantes
retirent déjà, et retireront surtout un jour
des avantages inappréciables de la transformation de la capitale.

9

CHAPITRE NEUVIÈME

**Extension donnée aux voies publiques — établisse-
ment de nouveaux marchés, reconstruction des
anciens — formation de nouvelles places,
embellissement des anciennes.**

§ 1.

Depuis 1852, une incessante extension a été
donnée aux voies publiques de la capitale;
leur développement est de 984 kilomètres à
la fin de 1866.

Sur ce chiffre de 984 kilomètres, plus de
cent s'appliquent aux voies nouvelles, dont
on admire la largeur, les alignements et le
nivellement.

La surface des chaussées pavées et empierrées, à l'état d'entretien, est :

En 1858, de 3,900,000 mètres carrés,

En 1866, de 7,512,403,

Paris a garni ses rues, sur les deux côtés, d'élégants trottoirs en asphalte pour le passage des piétons.

Des terre-pleins de refuge, inaccessibles aux voitures, ont été établis au milieu de chacun des grands carrefours qui se rencontrent aux croisements des voies publiques les plus fréquentées. Cette innovation était nécessaire pour la sécurité des piétons que menacent subitement des voitures convergeant de plusieurs points à la fois. On a placé le premier de ces terre-pleins sur le boulevard de la Madeleine, le deuxième, à l'angle de la rue Richelieu, en face de la rue Drouot.

Presque toutes les rues de la banlieue, au moment de son annexion à Paris, manquaient de pavé, n'étaient que de simples chemins, des sentiers en terrain naturel.

A la fin de 1864, huit cent quatre-vingt-huit voies, ayant un parcours de 295 kilomètres, sont classées dans la division suburbaine.

La longueur des rues qui y ont été nivelées, pavées et bordées de trottoirs, pendant l'année 1867, est de 36,741 mètres, dont 5,884 de voies nouvelles, et 30,857 de voies anciennement classées.

Les voies publiques mises en état de viabilité dans la zone annexée, de 1860 à 1867, présentent un développement de 93,617 mètres courants. Sur ce chiffre, 31,395 s'appliquent aux voies neuves, et 62,222 aux voies anciennement classées.

Le 25 août 1869, on a adjugé, au prix de 14 millions, 800,000 francs, l'entreprise des travaux à exécuter pour la mise en état de toutes les voies classées dans les 11e, 12e, 13e, 14e, 15e, 16e, 17e, 18e, 19e, 20e arrondissements.

L'entretien du pavé, des chaussées macadamisées, des trottoirs, est une dépense considérable pour la ville. Il devient de plus en plus difficile de conserver au pavé de Paris la possibilité de résister complètement à la fatigue d'une circulation qui a doublé depuis quelques années.

21,690 voitures, 10,458 tombereaux et charrettes, fonctionnaient en 1853 dans la capitale ; on y compte, en 1868, près de 40,000 voitures, et 22,000 tombereaux et charrettes.

§ 2.

L'Administration municipale s'est activement consacrée à l'établissement de nouveaux
marchés, à la reconstruction des anciens.

Parmi les nouveaux figurent celui du quartier Malesherbes, de Saint-Quentin, de Montmartre, d'Auteuil, des Ternes, de Grenelle,
de Montrouge, de la Villette, du quartier
des Buttes Chaumont, de la rue Saint-Maur-
Saint-Germain, de la rue Saint-Maur au quartier du Temple, de la rue Mouffetard, le
Marché général aux Bestiaux.

Le marché couvert du quartier Malesherbes est placé sur un vaste rectangle qui
forme le centre de l'îlot bordé par les rues
Miromesnil, de Lisbonne, de Plaisance et de
la Bienfaisance.

Le marché de Saint-Quentin a les proportions les plus considérables.

Le marché de la rue Saint-Maur (du
Temple) a apporté dans le quartier si populeux de Saint-Maur des éléments de prospérité et d'hygiène. Il présente 1,746 mètres
de surface, 34 places ou étaux de 5 mètres
de superficie, et 168 places de 4 mètres.
Quatre fontaines, occupant les angles du
marché, fournissent de l'eau en abondance.

Le marché de la rue Saint-Maur-Saint-
Germain, d'une superficie de 1,582 mètres,
a douze portes, cinq sur chacune de ses façades, et une sur chacune de ses faces
latérales. L'intérieur est sillonné par quatre
rues, dans toute sa longueur ; entre ces rues

sont cinq rangées de trente-six boutiques chacune.

Le Marché général aux Bestiaux, construit à la Villette sur un emplacement de six hectares de superficie, remplace les anciens marchés de Sceaux, de Poissy, de la Chapelle, se compose de places, de halles, d'écuries immenses, et n'est séparé des nouveaux abattoirs que par le canal de l'Ourcq.

Il centralise avantageusement un important article de consommation, assure l'approvisionnement de la manière la plus complète, et facilite les opérations du commerce.

Les abattoirs et le marché ont coûté à peu près 27,080,827 francs. Un chemin de fer les met en communication avec le chemin de ceinture, et les rend ainsi voisins de toutes les gares de Paris.

Le marché couvert du 14ᵉ arrondissement s'élève sur la magnifique place de Montrogue; il a une superficie de 1,580 mètres et 192

9.

places, dont vingt-quatre de six mètres, et cent soixante-huit de quatre mètres.

Les halles centrales, plusieurs marchés, et principalement celui de Saint-Honoré, celui du Temple, ont été reconstruits sur un meilleur modèle.

Le monument si complet et si remarquable des Halles centrales a surgi à la place qu'occupaient d'affreuses masures. Il présente une superficie de 88,000 mètres, en comptant le terrain consacré aux rues du pourtour et au boulevard transversal ; il comprend deux grands corps composés chacun de douze pavillons.

Six cents becs de gaz à peu près et huit fontaines sont établis dans chaque corps. Chacun des pavillons a son sous-sol correspondant , qui renferme une série de cabines en treillage de fer, parfaitement aérées, où sont déposées les conserves fraiches, les denrées, les provisions.

La transformation et l'agrandissement **des**

halles étaient une nécessité impérieuse que Napoléon Ier avait comprise. Le 24 février 1811, il rendit un décret dont l'article 36 portait : « Il sera construit une grande halle qui occupera tout le terrain de la halle actuelle depuis le marché aux Innocents jusques à la halle aux farines. »

Napoléon, en présence des circonstances politiques, se vit dans l'impossibilité de réaliser son projet.

La reconstruction des halles, commencée en 1852, a marché avec toute la célérité que comportait son développement considérable ; elle a coûté une somme de quinze millions. La dépense pour acquisitions d'immeubles et pour expropriations s'est élevée à trente-cinq millions.

Les voies publiques situées autour de l'église Saint-Eustache et des halles ont été élargies de manière à donner de tous les côtés des débouchés faciles à ce centre d'un commerce immense.

Le nouveau marché du Temple est de la
plus grande apparence, des mieux distribués,
aérés, éclairés, et compte parmi les curiosités
de Paris. Il se compose de deux vastes qua-
drilatères séparés entre eux par une voie de
circulation de quinze mètres de largeur, et
renferme 2,018 boutiques ayant chacune une
superficie variable de trois mètres 06 à quatre
mètres 90.

A Paris, en 1859, indépendamment des
marchés de détail installés dans les halles, il
y avait 24 marchés de quartier, dont 13
régis par la ville, 6 concédés, 3 appartenant
à des particuliers ; les communes de la banlieue en avaient 16. Aujourd'hui il y en a
le même nombre dans l'ancien Paris et un
de plus dans la zone annexée.

Sur une partie des terrains dépendants de
la caserne de l'Ave Maria, récemment dé-
molie, on va commencer l'établissement d'un
marché couvert que les habitants du quartier
réclament vivement.

Ce nouveau marché, construit en fonte et
en fer forgé, occupera une surface de 1,500
à 2,000 mètres.

Trois autres marchés sont à l'étude dans
les quartiers du Gros-Caillou, de Rochechouart
et du Val-de-Grâce.

§ 3.

De nouvelles places ont été formées, les anciennes ont été agrandies, régularisées, embellies.

Le rond-point de l'Étoile est devenu la place la plus splendide des capitales européennes ; de monumentales constructions l'encadrent majestueusement.

La place du pont de l'Alma est grandiose, parfaitement en rapport avec les nombreux courants de circulation qu'elle est appelée à recevoir. Elle a, pour voies d'accès, les quais de la Conférence et de Billy, le cours la Rei..e, les avenues Montaigne et Joséphine, le boulevard de l'Alma et celui de l'Empereur.

La place créée au devant du Théâtre Français répond dignement à la richesse architecturale de cet édifice récemment restauré et agrandi.

La place du Roi de Rome est établie sur l'emplacement de l'ancienne barrière Sainte-Marie, au sommet des hauteurs du Trocadéro, et présente une esplanade doucement inclinée de 500 mètres de longueur sur 25 de largeur. Neuf avenues magistrales, sans compter celle du pont d'Iéna, convergent vers cette place.

Sur la plupart des carrefours où se voyaient les anciennes barrières, on a disposé de magnifiques places, presque toutes circulaires, décorées de fontaines et de bassins.

La place monumentale de Saint-Michel est destinée à marquer d'une manière imposante l'entrée du boulevard sur la rive gauche de la Seine.

La place du Prince Eugène est une des plus spacieuses de Paris; sa création était indispensable en présence de l'immense courant de circulation qui s'accomplit sur ce point, depuis que le boulevard du Temple est relié à la place du Trône et à Vincennes.

La place ménagée devant l'église de Saint-Ambroise en assure l'isolement et le facile accès; elle a 56 mètres de largeur sur 36 de profondeur.

Huit rues ont leur débouché sur la place qui précède la nouvelle église de la Trinité.

La place formée derrière la caserne Mouffetard en a complètement dégagé les abords.

Parmi les places nouvelles, une des plus spacieuses et des plus importantes est la place Clichy, où viennent se rencontrer deux boulevards et quatre grandes rues. Au centre de cette place, on élève un monument destiné à perpétuer le souvenir de l'héroïque défense de Paris en 1814 par le maréchal Moncey.

La place de Grève, rasée, nivelée, agrandie, est devenue une place vraiment digne
de l'Hôtel-de-Ville. Des maisons symétriques
la bordent gracieusement du côté occidental.

D'importants travaux ont été accomplis sur
la place de la Concorde à la fin de 1854.
On a comblé les anciens fossés, avec revê-
tement de maçonnerie, et livré à la circulation l'espace qu'ils occupaient. Les issues
ménagées aux quatre angles ont été agrandies
de plusieurs mètres. Une voie spacieuse, garnie de trottoirs et longeant le pied de la
terrasse des Tuileries, a ouvert une communication directe de la rue Saint-Florentin au
quai des Tuileries. La chaussée, qui entoure
l'obélisque, a été augmentée de moitié et
presque complètement empierrée.

La place de la Concorde figure aujourd'hui
un vaste carré encadré par quatre rangées
de balustrades en pierre.

Sur la place du Châtelet on a nivelé le
sol aux abords de la fontaine du Palmier,

on l'a entouré de bordures en granit, on y
a posé d'élégants candélabres.

La place du Trône, cette immense superficie dont l'aspect était autrefois si triste,
rivalise depuis 1852 avec les splendeurs du
rond-point de l'Etoile et des Champs-Élysées.
Sous l'action de la moindre pluie, elle se
changeait en un horrible amas de fange, elle
présente actuellement le sol le plus uni et
le plus résistant.

En remplacement de l'ancienne place Saint-
Michel, étroite et d'un accès difficile, on a
formé, sur les terrains détachés du Jardin
du Luxembourg, une grande place demi circulaire, inondée d'air et de lumière.

La place de la Bastille reçoit d'importantes
modifications dans ses alignements. Elle affectera la forme d'un vaste rectrangle, et ser-
vira de débouché à une large voie qu'on
doit ouvrir pour le prolongement de la rue
de la Roquette.

CHAPITRE DIXIEME

Restauration des quais, berges et ponts de la Seine, construction et reconstruction des ponts — annexion de la zone suburbaine — construction et reconstruction d'églises.

§ 1.

On a restauré la plupart des quais, et principalement ceux de la Mégisserie, de l'Horloge, des Tuileries, du Marché Neuf, de la Grève, d'Austerlitz.

Les anciens chemins de hallage, qui presque tous étaient devenus impraticables, ont été rétablis sur les deux rives de la Seine. On en a construit un nouveau depuis le quai de l'École jusques au pont Saint-Nicolas, un

autre, empierré et avec talus, devant le quai
de l'Horlôge.

La rectification du quai le Pelletier a achevé
l'aménagement des abords de l'Hôtel-de-Ville.

Le quai d'Austerlitz, s'étendant sur la rive
gauche de la Seine, et mesurant un kilomètre de longueur, vient de recevoir une
transformation complète.

Il a été régularisé dans tout son parcours,
pourvu de larges trottoirs, et d'une double
rangée de plantations. Une balustrade en fer,
montée sur bahut en pierre, le borde du
côté de la rivière, et en rehausse agréablement l'aspect.

Les berges de la Seine, dans la traversée
de Paris, ont été redressées, revêtues de
maçonnerie ; sur ce vaste parcours de huit
kilomètres à peu près, les grandes eaux du
fleuve les avaient complètement ruinées.

Le port des Saints-Pères a été agrandi, il
se développe aujourd'hui sur toute la longueur
du quai Malaquais.

On a mis en état de parfaite viabilité les abords du port Saint-Paul, l'un des points d'arrivage les plus considérables de la Seine, en amont.

Un nouveau port de débarquement, d'une longueur de deux kilomètres et d'une largeur de 50 mètres, a été achevé, en août 1869, sur la rive gauche de la Seine ; il s'étend du pont de Grenelle au magnifique pont viaduc d'Auteuil. Sa création donnera de grandes facilités à l'industrie des transports par eau et au commerce en général.

Le terre-plein du Pont-Neuf a été protégé contre l'érosion des eaux qui l'envahissent chaque hiver. Il a été élevé à la hauteur de la banquette placée le long du petit bras de la Seine, et dont il forme comme le prolongement.

On a multiplié les travaux pour l'amélioration du lit de la Seine dans la traversée de Paris. Un des plus importants est la canalisation du petit bras qui ne pouvait

autrefois servir au passage des bateaux de
transport. La navigation se faisait par le
grand bras ; elle était impraticable à la remonte pour les bateaux en charge , très
dangereuse à la descente, et ne s'accomplissait
qu'à l'aide de pilotes spéciaux commissionnés
par l'administration. Aujourd'hui le grand
bras est à peu près abandonné, et l'on appré-
cie hautement les services que l'autre voie
rend à la navigation avec son écluse munie
d'un barrage destiné à racheter la pente d'un
mètre qui existe à l'étiage, en amont de la
cité.

—

Depuis 1852, on a construit ou reconstruit,
à Paris ou dans le département de la Seine,
les ponts de Charenton, de Bercy, d'Austerlitz , Louis-Philippe , Saint-Louis, d'Arcole,
Notre-Dame, au Change, aux Doubles, Saint-
Michel, le Petit Pont, les ponts des Invalides,
Solferino, de l'Alma, du Point du Jour sous

Auteuil, de Billancourt, de l'île de la grande
Jatte à Neuilly, de Clichy-la-Garenne, de
l'île Saint-Ouen, de Chennevières sur la Marne.

On admire l'élégance et la légèreté de ces
divers ponts.

Les plus grandes difficultés ont été vaincues
pour la reconstruction du pont d'Arcole, du
pont au Change, du pont Saint-Michel.

Le nouveau pont d'Arcole, destiné à recevoir
des chargements considérables, relie les deux
rives de la Seine par une travée de 80
mètres de développement.

Le pont du Point du Jour est une des
curiosités du nouveau Paris, il présente deux
étages sur ses cinq grandes arches.

Le pont de Bercy a une largeur de dix-
neuf mètres, une longueur de 159 d'une culée
à l'autre, et comporte cinq arches elliptiques.

Le nouveau pont des Invalides, construit
en pierres, est large de 14 mètres, et composé de quatre arches en maçonnerie, de 50
mètres chacune.

Les balustrades du pont Louis-Philippe ont été exécutées avec une précision et un fini remarquables.

Le pont Saint-Louis est formé d'une arche en fonte de 64 mètres de portée et de 5 mètres 80 de flèche, butant contre deux culées en maçonnerie de ciment, d'un épaisseur de 10 mètres.

Cette arche métallique, la plus grande et la plus hardie qui ait été construite en France jusques à ce jour, pèse 745,000 kilogrammes et coûte 800,000 francs à peu près.

Le pont de Chennevières se compose de trois travées métalliques reposant sur des piles et culées en maçonnerie. La longueur des travées est de 30 mètres, celle du pont, entre les garde-corps, est de huit mètres.

Autrefois les ponts se construisaient sur pilotis. Le système de fondation adopté aujourd'hui diffère complètement; on a commencé à l'employer à Paris, en 1857, pour la re-

construction du pont Saint-Michel. Il est
appliqué de la manière suivante : on établit
un caisson sans fond, dont les bords supérieurs dépassent le plan d'immersion, on l'é-
choue sur le terrain mis à nu et complètement nivelé, on le remplit de béton, et on
y installe les premières assises à sec, ou à
l'aide d'épuisements peu dispendieux. Ce procédé est aussi simple qu'expéditif.

§ 2.

L'annexion de la zone suburbaine à Paris a
été une grande mesure d'administration intérieure.

Elle a supprimé complètement les communes
d'Auteuil et de Passy, des Batignolles, de Monceaux, de Montmartre, de la Chapelle, de la Villette, de Belleville, Charonne, Bercy, Vaugirard,
Grenelle, elle a retranché des sections considérables aux communes de Neuilly, des près St-
Gervais, de St-Mandé, d'Ivry, de Gentilly, de
Montrouge, et des parcelles moins importantes

aux communes de Clichy, de Saint-Ouen, d'Aubervilliers, de Pantin, de Bagnolet, de Vanves et d'Issy.

Les populations annexées ont eu l'immense avantage de posséder presque immédiatement une administration homogène et perfectionnée, de voir leur situation améliorée au point de vue de la religion, de l'instruction primaire, de l'assistance publique, des promenades, de la canalisation souterraine, de tous les services publics en un mot.

Des motifs supérieurs commandaient l'annexion de la zone suburbaine, ils ont été déduits avec une force incontestable dans le rapport ministériel qui a précédé le décret du 9 février 1859.

Aujourd'hui Paris s'ouvre par cinquante-sept entrées et renferme 7,802 hectares.

Le recensement de 1866 a donné, pour la population annexée en 1860, l'augmentation considérable de 21 p. 100.

§ 3.

Les principales églises construites depuis
1852 sont :

Sainte-Clotilde, Saint-Marcel de la Salpétrière,
Saint-Augustin, la Trinité, Notre-Dame de la
Gare, Notre-Dame de la Croix à Ménilmontant,
Notre-Dame de Clignancourt, Saint-Pierre de
Montrouge, Saint-Ambroise, Saint-François-
Xavier, Saint-Bernard, Saint-Eugène, Notre-
Dame des Champs. Saint-Joseph, etc.

Tous les arrondissements de Paris sont pour-

vus d'une église curiale, plusieurs en ont 2 et
3 ; le 1er arrondissement en a 4.

Des travaux de consolidation, d'agrandissement, d'amélioration, de décoration intérieure,
ont été aussi multipliés dans les anciennes
églises.

La plupart des communes de la banlieue,
au moment de leur annexion, n'avaient pour
paroisses que d'étroites chapelles. Le premier
soin de l'administration a été de consacrer
au culte, au milieu d'elles, des édifices plus
vastes et plus dignes.

La dépense pour l'organisation matérielle du
service religieux dans la zone suburbaine a atteint, de 1860 à fin 1863, le chiffre de
4,924,166 fr. et, de 1864 à fin 1867, celui de
3,296,779.

Les moyennes pour chaque circonscription
paroissiale sont :

Dans l'ancien Paris de 25,000 âmes à peu
près et de 71 hectares ; dans la zone annexée
de 19,500 âmes et de 211 hectares.

10.

On a élevé des presbytères pour les paroisses Saint-Vincent de Paul, de la Trinité, Saint-Nicolas du Chardonnet, Saint-Augustin et Saint-Bernard.

Deux temples protestants ont été édifiés,
celui du Saint-Esprit, rue d'Astorg, et celui de
la Résurrection, rue Quinault.

Enfin deux synagogues sont en construction,
rue de la Victoire et rue des Tournelles, au
marais.

CHAPITRE ONZIÈME

Restauration des anciens monuments publics.

L'administration municipale, avec une merveilleuse intelligence, a dégagé nos monuments publics, les a restaurés, agrandis.

La tour Saint-Jacques la Boucherie, ce curieux spécimen de l'architecture du 16e siècle, a brillamment été remise en lumière.

On a remonté deux des pieds droits jusques au premier étage, on a consolidé les autres ; on a décoré la plate-forme d'une balustrade nouvelle ; on a restauré ou rem-

placé les anciennes sculptures, selon qu'elles
avaient plus ou moins souffert. Le sommet de
la tour a reçu, à chacun de ses angles, les
quatre symboles des Évangélistes, l'ange, le
lion, l'aigle et le taureau. La statue colossale
de Saint-Jacques a été placée au-dessus d'une
campanille richement sculptée, et domine le
monument. Des niches pratiquées dans l'épaisseur des murs présentent les statues de Sainte-
Catherine, Sainte-Geneviève, Sainte-Marguerite,
Sainte-Madeleine, et quinze autres statues de
saintes ; toutes ont été exécutées selon les
mèmes proportions, et ont deux mètres 50
de hauteur.

L'hôtel de Cluny et le palais des Thermes,
son annexe, apparaissent dans toute leur valeur architectonique depuis qu'on les a déga-
gés et restaurés ; leur ensemble a été complété,
une grille élégante les entoure. Le palais des
thermes est du 4e siècle, l'hôtel de Cluny du
moyen-âge.

On a gratté et nettoyé la magnifique façade de l'hôtel des monnaies.

La bibliothèque impériale, un des principaux monuments de Paris, a été isolée et restaurée ; on lui a donné un aspect grandiose.

Le conservatoire des arts et métiers a été dégagé par la démolition des immeubles en bordure sur la rue Saint-Martin ; son escalier monumental, véritable chef-d'œuvre, a été restauré avec un grand soin.

On a refondu complètement les deux pavillons de l'institut impérial de France, sur le quai Conti ; on a ramené à un modèle uniforme les baies du Comble qui produisaient l'effet le plus disparate, à cause de leur peu de concordance.

Le théâtre français a été restauré, agrandi, dégagé dans ses abords.

L'Hôtel-de-Ville, le Palais Royal, le Palais de Justice, ont reçu aussi d'importants travaux de restauration.

A l'Hôtel-de-Ville on a reconstruit le cam-

panile qui couronne la façade principale et
qui inclinait visiblement sur la droite ; on a
refait les figures allégoriques dont le cadran
de l'horloge est accompagné ; on a décoré de
riches peintures la galerie de pierre auparavant triste et nue ; on a abrité sous un plafond
de cristal la Cour du Centre, spécimen char-
mant de l'art de la renaissance, on a rajeuni,
rehaussé sa fine architecture.

Le Palais de Justice a été isolé ; des constructions nouvelles se sont ajoutées au Nord,
et d'une manière pittoresque, aux vieilles
tours connues sous la dénomination de *tour
de César, tour d'Argent, tour Bombée*. On
a repris en sous œuvre les fondations de
celles-ci, à deux mètres 50 de profondeur.

Les travaux accomplis au Palais de Justice
ont été des plus couteux et pleins de difficultés.

Les anciennes églises de Paris ont eu une
large part dans l'active sollicitude de l'administration pour les monuments publics.

Le dôme du Val de Grâce, dont la charpente en bois menaçait ruine, a été reconstruit en fer ; la lanterne pyramidale qui le surmonte a été couronnée d'un globe et d'une croix latine en or, comme avant 1830.

A Saint-Etienne du Mont, un des plus curieux monuments de Paris, on a rétabli sur la tour le clocheton et la croix détruits en 1791. On a refait les combles et restauré avec un soin minutieux le portail si admiré des artistes.

L'église Saint-Laurent a été dotée d'une façade et d'une flèche gracieuse, son portail a été reconstruit.

La vieille et précieuse église Saint-Nicolas du Chardonnet a été dégagée ; on a restauré son chevet, on l'a surmonté d'un clocheton, on l'a entouré à sa base d'une grille élégante, en harmonie avec le style de l'édifice.

On a appliqué à Notre-Dame des Blancs-Manteaux le portail de l'ancienne église des Barnabites dans la Cité.

On a restauré :

A Saint-Leu, la partie absidale dégagée par le percement du boulevard Sébastopol ;

A Sainte-Elisabeth, le portail remarquable par ses pilastres doriques et ioniques ;

A Saint-Germain des Prés, la tour et la flèche ;

A Saint-Séverin, les clochers ;

A Saint-Nicolas des Champs, le côté méridional et le chevet ;

A Saint-Gervais, on a couvert le transept, réparé les combles, regratté et restauré le portail, une des œuvres capitales de Jacques Desbrosses ; chacun des motifs en creux et en relief a été fouillé ou ressorti.

Le célèbre carillon, composé de trente-huit cloches, de trois gammes chromatiques, plus deux notes, a été replacé sur l'église Saint-Germain l'Auxerrois, restaurée dans toutes ses parties.

On a restitué à Notre-Dame sa splendeur primitive.

Le pignon septentrional du transept, sa galerie à jour, son immense rose et ses clochetons, ont été remontés à neuf. On a rétabli la statue de la vierge qui décorait autrefois le pilier trumeau de la porte pratiquée au pied de la tour du Nord. Sur la façade méridionale, la grande rose, l'entablement dont elle est surmontée, le pignon terminal, les clochetons, les balustrades, les divers motifs d'ornementation, ont été reconstruits avec un soin religieux. Les restaurations de détail exécutées sur la porte du Nord, sur la porte du jugement et sur la porte Sainte-Anne, ont fait revivre complètement les anciennes sculptures du portail Notre-Dame.

La flèche réédifiée se compose d'un étage fermé et dégageant le comble, de deux étages à jour portant plates-formes accessibles, et de la pyramide supérieure. Sa hauteur est de quarante-cinq mètres depuis le faîtage du comble jusqu'à la croix qui la surmonte, elle est en bois de chêne recouvert de plomb.

11

Des crochets, des chapiteaux, des gargouilles et des frises rehaussent son aspect.

J'ai indiqué en quelques mots une partie des restaurations extérieures qui ont été multipliées à Notre-Dame ; je ne crois pas devoir les rappeler toutes.

Les anciennes églises de Paris étaient si complètement masquées par les maisons adjacentes qu'on pouvait à peine les distinguer. Leur dégagement a servi puissamment la cause de l'art architectural, elles ont recouvré aujourd'hui leur physionomie première, leur majesté, leur ampleur.

L'Administration, en se consacrant à leur restauration extérieure, les a dotées aussi à l'intérieur de nombreuses améliorations, de travaux d'art considérables en sculpture, peinture et vitraux.

A Saint-Eustache, les deux bras de la croix ont été enrichis de peintures, de sculptures, de motifs d'ornementation, et de faïences émaillées ; toutes les chapelles ont reçu des restaurations ou décorations nouvelles.

A Saint-Étienne du Mont, on a restauré le jubé, on a dégagé plusieurs chapelles anciennement fermées, on a refait toutes les sculptures détruites au moment de la Révolution. Un regrattage attentif a fait ressortir en foule des beautés qui échappaient au regard ; ainsi, au plafond de la croisée, des rosaces, des médaillons, et surtout la clef pendante présentant trois mètres de saillie en dehors du niveau de la voute.

A Saint-Germain des Prés, on a couvert de peintures à fresque le chœur et les chapelles latérales, les piliers du chœur jusques à la voute, on a donné à celle-ci, et à celle de la nef, une décoration semblable à celle de la sainte chapelle du Palais.

Toutes les richesses artistiques ont été déployées pour la restauration intérieure de Notre-Dame. On a réparé les voutes de la nef, les chapelles, les carrelages, on a posé les grilles, une grande partie des vitraux.

On a complètement restauré à l'intérieur les églises Saint-Merry, Saint-Laurent, Saint-Louis en l'île, etc.

La coupole de Saint-Roch, les chapelles de Saint-Merry, de Saint-Gervais, Saint-Sulpice. du Val de Grâce, de Sainte-Clotilde, de Saint-Thomas d'Aquin, ont été décorées de peintures à fresque,

CHAPITRE DOUZIÈME

Amélioration de la salubrité publique.

§ 1.

ÉNUMÉRATION DES TRAVAUX DE VOIRIE ET DES MESURES D'HYGIÈNE AUXQUELS ELLE EST DUE

Les conditions de la salubrité publique ont été hautement améliorées à Paris par l'accomplissement des grands travaux de voirie et l'application de diverses mesures d'hygiène.

Je cite, parmi ces travaux et ces mesures d'hygiène :

1° Les améliorations apportées dans le régime des eaux ;

2° L'ouverture de larges voies et la démolition de quartiers malsains ;

3° La construction de grands égouts ;

4° La multiplication des plantations ;

5° La transformation des Buttes-Chaumont ;

6° La reconstruction du quai de Gèvres ;

7° La couverture du canal Saint-Martin ;

8° La suppression des cimetières ;

9° La suppression des abattoirs ;

10° Le déplacement du marché à la volaille ;

11° Le balayage des rues et l'enlèvement des boues ;

12° La commission des logements insalubres.

J'ai rappelé les principales causes auxquelles est dû l'assainissement de Paris ; je vais consacrer à chacune d'elles quelques développements.

§ 2.

AMÉLIORATIONS APPORTÉES DANS LE RÉGIME DES
EAUX

Une condition indispensable de salubrité pour
une ville c'est qu'elle ait de l'eau en abondance et surtout de l'eau pure.

La Seine et l'Ourcq, avec leurs mauvaises
eaux, pourvoyaient seules et d'une manière
insuffisante à l'alimentation de Paris; l'administration municipale lui a donné une eau
salubre et abondante.

L'eau de la Seine, puisée à Chaillot four-
nissait, en 1857, le cinquième de l'alimentation. Elle contient une proportion considérable

de matières organiques, et, dans certaines circonstances, comme l'atteste un rapport de M. Dumas au Conseil municipal, cette proportion s'élève à un degré qui paraît incroyable. Ainsi, après la sécheresse de 1858, les pompes de Chaillot donnaient un mètre d'eau d'égout avec quarante-quatre mètres d'eau consommée, et le Pont Royal débitait par seconde quarante-cinq mètres d'eau, dont un mètre d'eau d'égout.

Les eaux du canal de l'Ourcq parcourent cent kilomètres à ciel ouvert, avant d'arriver au réservoir de la Villette, d'où elles se rendent dans les quartiers de la rive gauche de la Seine. Elles sont lourdes et séléniteuses, sales et corrompues. Seize cents mariniers en moyenne séjournent constamment sur le canal, et y jettent, ainsi que la population riveraine, des ordures de toute sorte.

L'impureté et l'insuffisance des eaux destinées à l'approvisionnement de Paris étaient donc une cause péremptoire et urgente pour décider la création d'un système qui leur assurât les qualités d'abondance et de salubrité.

Les réservoirs construits à Passy, à Gentilly, à Charonne, à Belleville, à Ménilmontant, sont aujourd'hui couverts de voutes; l'eau y conserve plus de pureté, y est préservée des inconvénients que présentaient les anciens réservoirs privés de couverture, exposés à l'action de la lumière, aux variations de la température.

Le Préfet de la Seine s'est appliqué, avec une vive sollicitude, à donner la santé à la classe pauvre, en lui procurant de l'eau de source, c'est-à-dire de l'eau limpide en toute saison, fraîche en été, tempérée en hiver, et dégagée de matières organiques.

L'eau distribuée en abondance dans l'intérieur des habitations comme elle l'est actuellement à Paris, a pour conséquence d'emporter à chaque instant les matières dont la décomposition rapide est un danger.

11.

Les quartiers hauts de la rive droite de
la Seine ont été, en 1865, parmi ceux que
le choléra a frappés le plus cruellement; en
1866, ils ont été au contraire parmi les
mieux préservés. Pourquoi? Parce que, dans
l'intervalle, les eaux de la Dhuis sont arri-
vées à Paris et que l'élévation de leur niveau
a permis de les distribuer à la partie supérieure de la capitale et sur la rive droite.
Preuve convaincante de l'influence salutaire
que l'eau de source, appliquée à l'alimentation, exerce sur la santé publique.

§ 3.

OUVERTURE DE LARGES VOIES, ET DÉMOLITION DE
QUARTIERS MALSAINS

Les germes de mort ont disparu avec les
percements de rues et de boulevards, avec
la démolition des maisons infectes qu'habitait
une population agglomérée.

Quelque infinie que soit la série de ces
grands travaux de voirie, je veux et dois
m'arrêter un instant sur les plus importants.

La rue de Rivoli est prolongée, en 1852,
sur des terrains sillonnés de ruelles au milieu
desquelles la santé des habitants courait des
dangers incessants.

A peine les premiers boulevards sont-ils ouverts, en 1853 et 1854, que la mortalité est réduite dans les quartiers où ils apportent l'air et le soleil.

Pour la formation du périmètre des halles centrales, on a démoli :

1° En 1854, cent huit maisons dans les rues de la grande et petite Friperie, de la Tonnellerie, de la cordonnerie, du Marché aux Poirées, du Marché de la verdure ;

2° De 1851 à 1855, toutes les vieilles constructions comprises entre les rues de la lingerie et du four Saint-Honoré, les rues du Contrat Social, de la Poterie, des Bourdonnais, Lenoir, la Ruelle au Lard, une partie de la rue des Prouvaires, une partie du côté droit de la rue du Four, etc.

Dans toutes ces maisons ainsi abattues pour la construction des halles, l'air manquait de circulation, les murs suintaient continuellement. Leur destruction, au point de vue de l'hygiène, a été un bienfait inappréciable.

A l'ouest de la place de l'Hôtel-de-Ville, et dans l'axe du campanile, sur l'emplacement qu'occupait un labyrinthe de rues puantes, se présente depuis 1855 une magnifique voie, l'avenue Victoria.

Le quartier de la Cité était peuplé de maisons sombres et repoussantes, asiles des vagabonds et des mendiants ; il se composait de ruelles fangeuses, où l'on respirait pendant toute l'année des vapeurs humides et empoisonnées. Aujourd'hui la Cité est assainie, elle a reçu d'importantes améliorations, a de somptueux monuments, de magnifiques jardins. Le boulevard du Palais, la rue d'Arcole et la rue de la Cité, considérablement élargies, sont les artères maîtresses de ce quartier régénéré.

La rue des Écoles, ouverte en 1854, achevée en 1866, a fait pénétrer l'air et le jour dans le flanc de la montagne Sainte-Geneviève, a amené la démolition de masures affreuses et malsaines, à la place desquelles ont surgi de belles maisons.

Pour l'assainissement du quartier des Écoles, la rue Saint-Jacques a été élargie à vingt mètres, depuis le quai du Petit Pont jusques à la rue Soufflot.

Le boulevard Sébastopol a débarrassé Paris de cloaques infects.

Longue est la liste des rues étroites et sales qu'il a franchies dans son parcours. Les unes, devenues inutiles, ont été supprimées ; d'importantes améliorations ont été accomplies dans les autres ; ainsi dans la rue Sainte-Appolline, la rue Neuve Saint-Denis, du Ponceau, Guérin-Boileau, le passage Bas-Four, la rue Grénetat, Bourg-l'Abbé, du grand Hurleur, du petit Hurleur, la rue aux Ours, la rue Salle au Comte, etc.

L'exécution du boulevard Sébastopol a donc produit l'assainissement le plus désirable.

La rue Tirechappe n'était plus, en arrivant vers la rue Saint-Honoré, qu'une ruelle bordée de maisons sordides où jamais un rayon de soleil n'avait pénétré. Toutes ces constructions ont été abattues, comme la salubrité publique le demandait hautement, et cette partie du vieux Paris a été aussi transformée complétement.

En 1863, l'impasse Baudelicque, à Clignancourt, la rue du Gaz, à Ivry, signalées pour leur insalubrité, ont été assainies avec soin.

Il y a quelques années, aux alentours de la place Laborde, se voyait un quartier composé de constructions basses, malsaines, et qu'habitait une agglomération appelée la *Petite Pologne*. Aujourd'hui ces maisons ont disparu, un vaste square est établi sur l'emplacement de l'ancienne place Laborde.

L'ouverture de la rue Monge, au commencement de 1866, a eu pour premier avantage de démolir toutes les ruelles sombres dont se formait le pâté compris entre la place Maubert, les rues Saint-Victor, de la montagne Sainte-Geneviève et de Lacépède.

Ce quartier, malsain autant qu'impropre à la circulation, va être régénéré.

Des travaux de voirie, d'une importance capitale pour le 6ᵉ arrondissement, ont été entrepris en 1867. Parmi eux est, au premier rang, la suppression des rues Beurrière, Neuve Guillemin et de l'Égout, trois des rues les plus sales de l'ancien Paris.

Dans le dernier mois de 1867, une métamorphose complète a commencé pour les 5ᵉ et 13ᵉ arrondissements. La rue du Fer à Moulin est la base des opérations. A plusieurs rues humides et dégoutantes de malpropreté vont succéder prochainement de larges voies qui donneront à ce quartier l'air et la vie dont il manquait plus qu'un autre.

La lumière et la salubrité ont été apportées dans le 11ᵉ et le 13ᵉ arrondissement par le boulevard du Prince Eugène, dans les quartiers de la rive gauche par le boulevard Saint-Germain, dans les rues si populeuses de Reuilly et de Picpus par le boulevard qui se développe, en les traversant, le long du chemin de fer de Vincennes.

Je m'abstiens de donner plus de développements à ce paragraphe. J'ai démontré surabondamment que l'Administration municipale a poursuivi, avec une sollicitude incessante, l'assainissement de Paris en ouvrant largement les groupes de maisons qui se pressaient dans les vieux quartiers.

Plus l'individu a d'air et d'espace pour se mouvoir, plus la vie est protégée contre les influences délétères et mortelles.

Sur les 8,260 maisons démolies de 1852 à 1863, plus de 6,000 l'ont été dans les quartiers ou la mortalité sévissait le plus au milieu des circonstances habituelles, comme des grandes épidémies. A la place de ces maisons démolies, on en a reconstruit 24,947, c'est à dire 16,687 de plus, situées ailleurs et dans des conditions meilleures de salubrité.

§ 4.

CONSTRUCTION DE GRANDS ÉGOUTS

Pour l'assainissement de Paris, on a créé dans les profondeurs du sol un réseau de puissantes artères.

Paris n'avait que des égouts bas, infects, dont les bouches empoisonnaient les rues : l'Administration municipale en a construit de larges, de spacieux, a appliqué des moyens nouveaux pour les purger, les aérer.

L'égout collecteur d'Asnières, ce travail gigantesque, aide puissamment à la salubrité de la capitale. Il en reçoit toutes les eaux, et présente l'avantage immense d'affranchir la Seine, au plein cœur de Paris, des nappes immondes que les égoûts lui apportaient.

L'établissement de la canalisation souterraine a permis de supprimer toutes les eaux stagnantes, de donner aux eaux pluviales et ménagères, dans l'intérêt de la santé publique, l'écoulement prescrit par le décret du 26 mars 1852.

Une galerie, longeant la vallée de la Bièvre, a absorbé complètement ce ruisseau fangeux, en assainissant, d'une part, les pentes d'Ivry, et de l'autre, celles du promontoire de Montrouge et du Panthéon.

§ 5.

MULTIPLICATION DES PLANTATIONS

La création des squares et jardins, la multiplication des plantations d'arbres sur les divers points de Paris, ont été un bienfait au point de vue de l'hygiène.

Les parties vertes des plantes et des arbres absorbent l'acide carbonique que contient l'air, et le débarrassent de l'élément nuisible à l'homme.

Les arbres, à l'aide de leurs racines, aspirent aussi toute l'humidité du sol, la remplacent par de l'air, et celui-ci en modifie la constitution d'une manière favorable, en y brûlant les matières organiques dont il est souillé.

§ 6.

TRANSFORMATION DES BUTTES CHAUMONT — RECONS-
TRUCTION DU QUAI DE GÈVRES — COUVERTURE
DU CANAL SAINT-MARTIN.

La transformation des Buttes Chaumont en
une riante et pittoresque promenade a rendu
un service important à la santé publique.

Les parties basses de ces Buttes, ayant
servi de voirie pendant des années à la ville
de Paris, exhalaient les miasmes les plus pu-
trides.

—

En 1860 on a reconstruit le quai de Gèvres, on en a comblé les voutes qui devenaient

des cloaques infects, au moment des basses
eaux.

—

On sait combien les eaux verdâtres et crou-
pissantes du canal Saint-Martin sentaient mauvais. Le quartier a été complètement assaini
depuis que le canal a reçu sa gigantesque
voute garnie de plantations, de jardins et de
fontaines jaillissantes.

§ 7.

SUPPRESSION DES CIMETIÈRES ET DES ABATTOIRS DANS L'INTÉRIEUR DE PARIS.

La présence des cimetières dans l'intérieur de Paris compromet hautement la salubrité publique, à cause des miasmes qu'ils peuvent dégager, des infiltrations qui se répandent dans les puits, dans les couches d'eaux souterraines, et qui entrainent dans les rivières les matières putréfiées en dissolution.

L'administration municipale a donc été sagement inspirée, en supprimant successivement, depuis 1860, les cimetières de la chapelle, de Belleville, de Charonne, de Bercy, de Passy, en décidant récemment que la nécropole de Paris sera établie sur le plateau de Mery, Seine-et-Oise, à une distance assez grande pour que la ville soit protégée contre toute émanation malfaisante.

L'étendue insuffisante des cimetières actuels est une seconde cause d'insalubrité. Sous ce rapport, la création du cimetière de Mery est aussi réclamée d'une manière impérieuse, dans l'intérêt de la santé publique.

L'exiguité des espaces affectés aux sépultures impose aujourd'hui la nécessité de reprendre rigoureusement, après chaque période de cinq ans, les terrains occupés par les fosses gratuites, c'est-à-dire par les deux tiers à peu près de celles qui s'ouvrent annuellement.

Cette reprise quinquennale du terrain servant aux fosses gratuites est un danger permanent pour la salubrité.

Le cimetière de Mery assurera aux pauvres, comme aux riches, le repos de la tombe pendant trente ans au moins.

12

—

Les abattoirs Popincourt, ceux du Roule, de Montmartre, de la rue de château Landon, de la Villette, étaient situés, depuis l'annexion, au centre de Paris ; on les a fermés, à la fin de 1866, et installés au grand abattoir construit récemment à la Villette.

Il y avait urgence à les déplacer, leurs émanations fétides compromettaient l'hygiène publique.

L'abattoir de la Villette, aux immenses dimensions, est une des plus importantes créations du siècle : deux canaux, constamment approvisionnés d'eau, coulent sur deux de ses grandes façades.

§ 8.

FERMETURE DU MARCHÉ DE LA VALLÉE — SOINS DONNÉS AU BALAYAGE DES RUES, A L'ENLÈVE-MENT DES BOUES

La vente en gros du gibier et de la volaille a été transférée du marché de la Vallée dans un des pavillons des halles centrales. Les habitants riverains de ce marché en atten-daient le déplacement avec impatience, à cause de l'insalubrité que l'abattage de la volaille communiquait au quartier pendant les grandes chaleurs.

—

Le balayage des rues et l'enlèvement de

boues intéressent au plus haut degré la santé
publique ; ils s'accomplissent à Paris avec un
soin irréprochable. Les boues sont déversées
dans des décharges publiques qu'on a placées,
presque toutes, en dehors des barrières.

Depuis 1865 des machines suppléent, avec
promptitude et économie, la main de l'homme
pour le balayage. Chacune d'elles achève en
un quart d'heure le travail que dix hommes
ne peuvent faire en moins de deux heures.

§ 9.

COMMISSION DES LOGEMENTS INSALUBRES

En dehors du comité central d'hygiène, du conseil de salubrité de la Seine et des commissions d'hygiène placées sous la présidence des maires, est la commission des logements insalubres, créée par la loi du 13 avril 1850.

Elle a pour mission de descendre dans toutes les maisons, de rechercher et de prescrire les mesures nécessaires à leur salubrité. Sa scrupuleuse vigilance a puissamment aidé à l'amélioration des habitations dans Paris.

Elle a prononcé :

En 1860, sur 1,656 affaires.

En 1861   »   2,915

En 1862   »   3,020

En 1863   »   3,072

En 1864   »   3,698

En 1865   »   4,160

En 1866   »   3,612

En 1867   »   3,007

En 1868   »   2,119

§ 10.

DIMINUTION DE LA MORTALITÉ DANS LES MALADIES
ÉPIDÉMIQUES — DANS LES CIRCONSTANCES
HABITUELLES — AUGMENTATION DE LA
DURÉE MOYENNE DE LA VIE

J'ai rappelé les plus importantes opérations
de voirie et mesures d'hygiène auxquelles est
dû le merveilleux assainissement de Paris.

Ses heureuses conséquences ont été :

La diminution de la mortalité pendant les
maladies épidémiques, dans les circonstances
habituelles : l'augmentation de la durée de la
vie moyenne.

Le choléra s'est déclaré à Paris en 1831-

1832, en 1849, en 1853-1854, en 1865, en 1866.

Il a frappé mortellement :

En 1831-1832, 21,670 personnes ; — en 1849, 25,052 ; — en 1853-1854 11,873 ; — en 1865, 6,260 ; — en 1866 5,700.

En présence de l'accroissement considérable que la population a reçu successivement, l'importance de ces chiffres s'augmente dans une grande proportion.

Le choléra de 1831-1832 a enlevé 1 habitant sur 31 dans le 9ᵉ arrondissement, sur 33 dans le 7ᵉ, sur 34 dans le 12ᵉ, sur 36 dans le 8ᵉ et le 11ᵉ, sur 53 dans le 4ᵉ, sur 81 dans le 1ᵉʳ, sur 89 dans le 3ᵉ, sur 106 dans la 2ᵉ.

L'agglomération de la population dans des habitations malsaines, au milieu de rues étroites et humides, a puissamment contribué, en 1831-1832, aux conséquences douloureuses de l'épidémie dans les 12ᵉ, 11ᵉ, 9ᵉ, 8ᵉ et 7ᵉ arrondissements.

Si le choléra de 1865 et de 1866 a été
moins meurtrier que dans les précédentes in-
vasions, c'est à l'assainissement de Paris qu'on
doit l'attribuer.

—

La proportion des décès a descendu sensi-
blement à Paris depuis quelques années. Elle
était, en 1851, de 1 sur 38 habitants, elle a
été de 1 sur 39 en 1861, au moment où
l'annexion venait de porter la population au
chiffre de 1,696,141 habitants.

En 1862 et 1863, la diminution de la mortalité a continué sa marche ; on a, pour 1862,
un décès sur 40 habitants, et, pour 1863, 1
sur 41.

Il est mort à Paris en 1863, sur une population de près de 1,700,000 âmes, 4,762
personnes de moins qu'en 1860.

L'augmentation du chiffre de la population
a été prise avec soin pour base de ce calcul.

La durée de la vie moyenne à Paris était,
en 1852, de 36 ans ; les dernières statistiques

la fixent à 40. La mortalité s'est donc abaissée
d'un 10ᵉ depuis 1852.

On est frappé de ce résultat considérable
conquis en si peu d'années.

—

La transformation de Paris, considérée
même au seul point de vue de la salubrité, est
pleinement légitimée ; elle était nécessaire,
urgente. Les hommes impartiaux proclament
à haute voix cette incontestable vérité.

L'Administration municipale a accompli des
prodiges pour assainir Paris ; aujourd'hui l'air,
le jour, l'eau y abondent, assurent aux populations la force, la santé et la vie.

CHAPITRE TREIZIÈME

Conclusion.

Les grands travaux de Paris sont une œuvre nationale, populaire ; ils illustrent l'Administration municipale , et prendront une importance considérable dans l'histoire du règne de Napoléon III. Ils ont changé la face de la capitale, satisfait aux intérêts matériels, moraux, intellectuels de la population, contribué au développement de la richesse privée, à l'accroissement de celle de l'État

La splendeur de la France, les nécessités

de la circulation, la santé des masses, les intérêts de l'art réclamaient le rajeunissement de Paris.

Aujourd'hui la capitale de la France est la ville sans rivale, la merveille de l'Europe, le centre du monde civilisé.

TABLE

————◆◇◆————

TABLE 217

TABLE 219

Saint-Omer, imp. et lith. Ch. Guermonprez.

www.ingramcontent.com/pod-product-compliance
Lightning Source LLC
Chambersburg PA
CBHW061452030726
47503CB00005B/1679